付强
著

江苏凤凰文艺出版社
JIANGSU PHOENIX LITERATURE AND ART PUBLISHING, LTD

图书在版编目（CIP）数据

摘星 / 付强著 . — 南京：江苏凤凰文艺出版社，
2019.8
ISBN 978-7-5594-3850-8

Ⅰ . ①摘… Ⅱ . ①付… Ⅲ . ①科学幻想小说 – 中国 –
当代 Ⅳ . ① I247.5

中国版本图书馆 CIP 数据核字 (2019) 第 121936 号

摘星

付强　著

出 版 人　张在健
责任编辑　白　涵　刘洲原
策划编辑　后　超
责任印制　刘　巍
出版发行　江苏凤凰文艺出版社
　　　　　南京市中央路 165 号，邮编：210009
网　　址　http://www.jswenyi.com
印　　刷　三河市金泰源印务有限公司
开　　本　880 × 1230mm　1/32
印　　张　8.75
字　　数　171 千字
版　　次　2019 年 8 月第 1 版　2020 年 5 月第 2 次印刷
书　　号　ISBN 978 – 7 – 5594 – 3850 – 8
定　　价　42.00 元

此书谨献给我钟爱的机器人动画和游戏

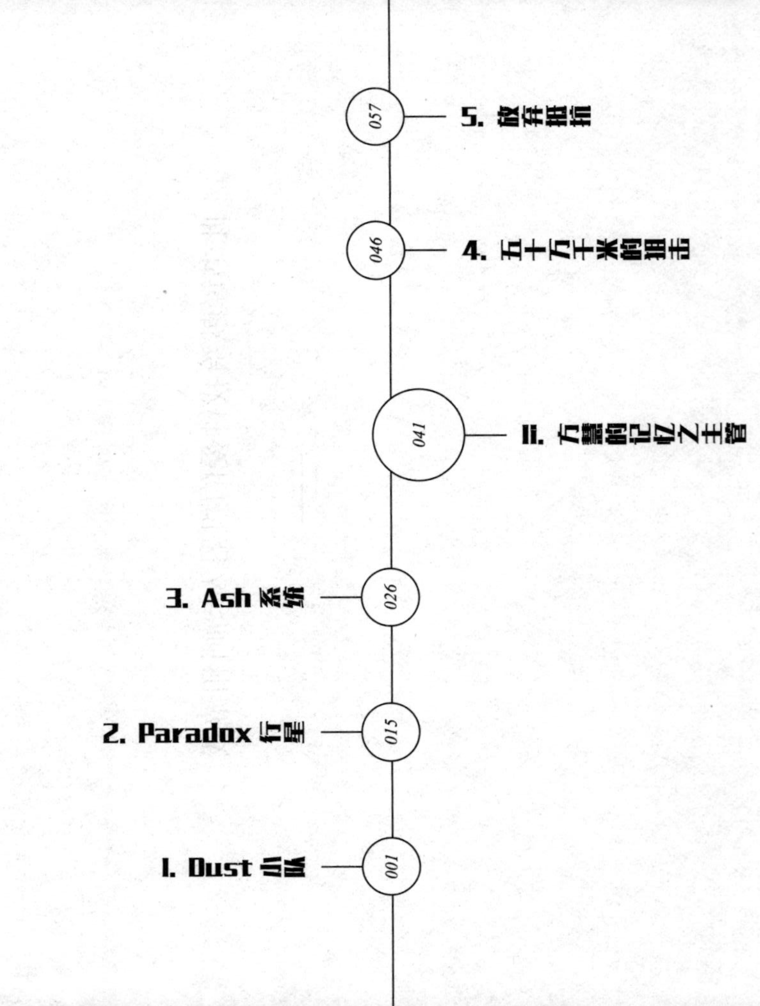

目　录

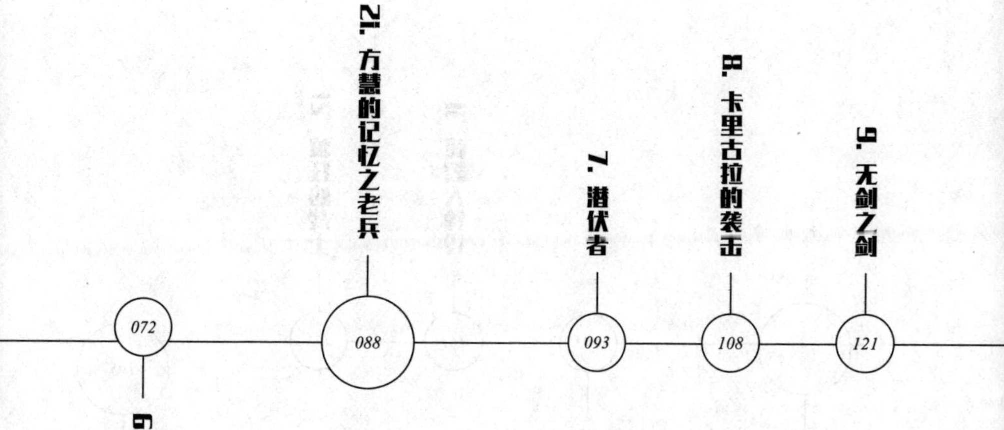

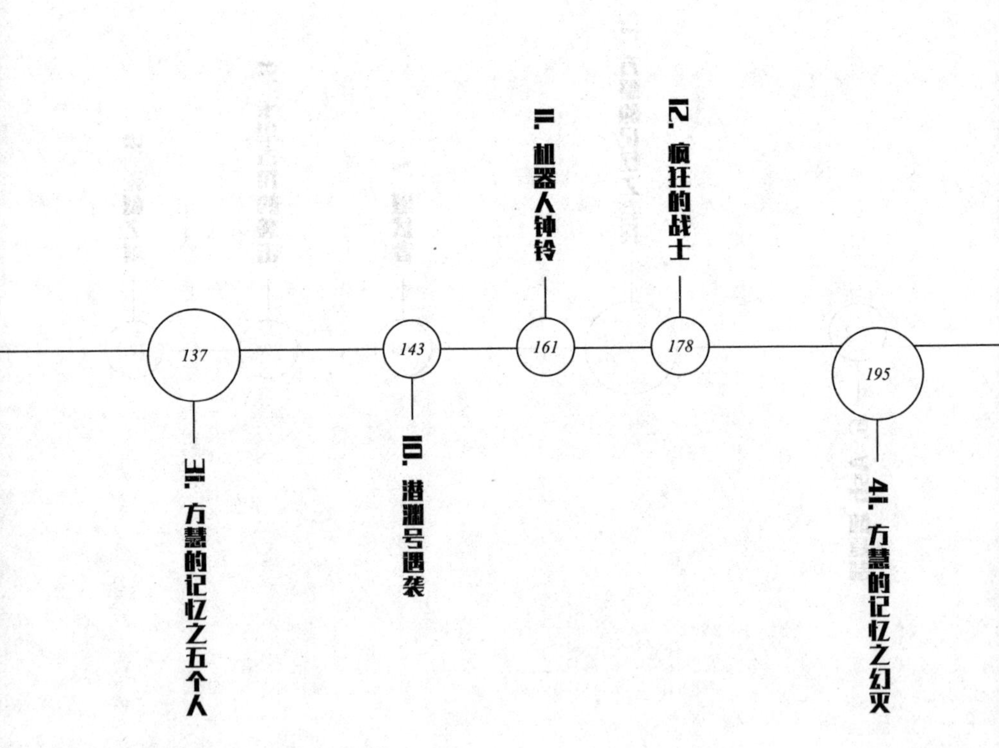

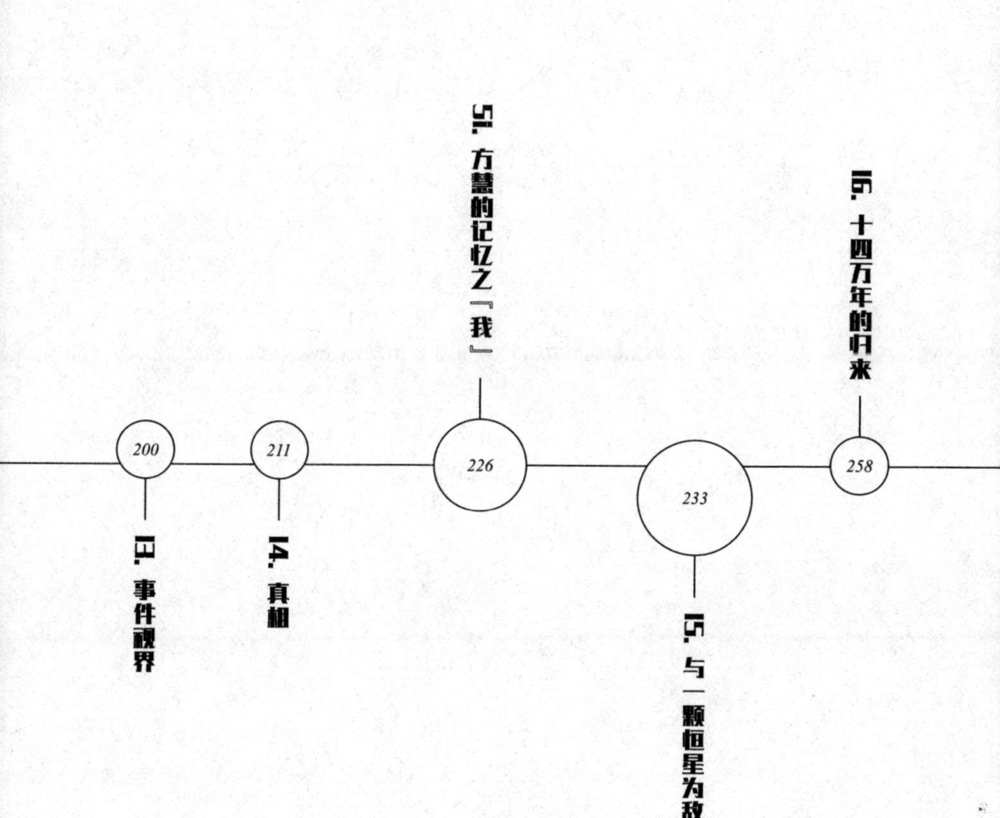

13. 事件视界
200
14. 真相
211
51. 方慧的记忆之「我」
226
15. 与一颗恒星为敌
233
16. 十四万年的归来
258

1. Dust小队

高云十分讨厌布雷德星上燥热的季风，特别是在体能训练时。地球1.8倍的重力加速度撕扯着肌肉，热风拍打在皮肤上，灼烧感顺着毛孔侵入骨髓。稀薄的空气令战友们的呐喊声变得缥缈，天空中的两轮太阳将黄沙与灰岩渲染得异常清晰。透过工蚁一般的训练队伍，高云瞥见一个步伐矫健的身影快速走来，他不禁撇撇嘴。

“你们是灰尘！宇宙的灰尘！”指挥官伊迪萨嘹亮的声音回荡在训练场上，她走过负重训练的士兵，捶捶对方坚实的臂膀，又来到练习匍匐的泥塘旁，将高压龙头调至最大。几分钟后，伊迪萨走到一名练习单杠的银发士兵身后，对着他的屁股用力地踢出一脚，士兵摇摆双腿将身体高高荡起，躲开了这次偷袭。伊迪萨挥起手刀，向着士兵抓住单杠的双臂砍去，士兵松开双手回避攻击，又借着惯性在空中一个翻滚，漂亮地落在地上。伊迪萨走到士兵近前，直视着他的双眼，厉声问道：“告诉我，灰尘最有力的武器是什么？”

士兵一个立正：“报告长官，是顽强的生命力和无孔不入的渗透力！”

伊迪萨点点头：“很好，去跑十公里越野，再将五百米攀岩练上三遍。”

“报告长官！我回答错了吗？”

“正确。但我并不想同偷懒的士兵讨论对错。”

高云摇摇头，在指挥官将视线投向自己的方向之前，用力地做了几次深蹲。

休息间隙，高云拎着一瓶冰镇黑啤躲在营地的帐篷下。不消片刻，完成了惩罚训练的同伴便出现在他的视线中，脸上挂着若无其事的笑容。银发男子将浸透汗水的上衣丢在一旁，拍了拍高云的肩膀。

“这已经是第几次了？”高云上下扫视着战友，叹气道，“心镜，你是故意的吧？”

“哈哈，我和伊迪萨可是真爱！”心镜对战友的调侃毫不在意，他从冰桶中拎出一瓶苏打水，坐在高云身旁。“你小子也一直在划水吧，怎么没有被捉住过呢？”

高云瞥瞥四周，小声答道：“伊迪萨的视力很好，但她的面部表情僵硬，应当是动过手术。据我观察，她双眼的可视范围比正常人要小一些。”他用手指在沙地上画出一个矩形，又添加上几条不规则的曲线，“而她每天巡视的路线几乎是一致的，配合她的视野范围，很容易便能找到死角。”

心镜用力地点着头，脸上露出崇敬的表情：“那越野跑呢？众目睽睽下你怎么偷工减料？”

“这颗行星的风向会频繁地变换，却十分规律。我会尽量将越野跑安排在顺风的时段。”

“格斗！”心镜顾不得将口中的苏打水咽下，“一对一总没办法摸鱼了吧，你却保持着一半的胜率！”

高云看看四周，凑到心镜耳旁道：“伊迪萨的习惯很容易摸清楚，只要提前和对手沟通，再一起喝上两杯，放水根本不是问题。猜对手当然也是一种赌博，但我的赌运一向不错。”

“你真是能出乎我的意料。”心镜叹气道，“真希望伊迪萨哪天能亲手教训你。”

“免了，我可不想领教她的东方武术。”

高云话音未落，一阵尖锐的轰鸣划过无云的天空，疾风掀起的沙土模糊了视线。两人抬眼望去，一艘纯白色的圆盘形太空船掠过布雷德星茂密的原始丛林，降落在训练营的停机坪上。特种兵训练营往往选择在生存环境恶劣的星球，除了固定时间的补给船外，鲜有客人来访。两人三步并作两步地攀到高处，高云取出望远镜，向着太空船的方向看去。在停机坪等候访客的伊迪萨已脱下训练服，换上一身标志的深蓝色军装，银色的长发扎成了一条马尾。升降梯缓缓降下，走在前面的是负责搬运行李的工程机器人，圆滚滚的身材好似企鹅。

突然间，望远镜被心镜抢了过去。他冷不防地吹了一声口哨，发出啧啧的赞叹声。高云匆忙凑了上去，透过狭小的透镜，高云望见一名20岁上下的女性走出舱门，她穿了一件淡蓝色的印花衬衫，牛仔短裤下露出修长的双腿，茶色的卷发披在肩上。

“半年来最正的！”一旁的心镜用力拍着高云的后背。高云面无表情地盯着女子俊俏的脸庞，心脏在胸腔中躁动着。

这一刻，他已经等了两年。

晚饭时分，一群战友围在了心镜四周。心镜双手在笔记本电脑的键盘上飞速敲击着，随着回车键的按下，餐厅内扬起一阵欢呼。高云忍不住瞥了一眼，在解析度低得可怜的照片上，茶色头发的女子露出矜持的微笑。

“方慧，年龄23岁，故乡DZ76B星域，职位……”心镜用刻板的嗓音诵读着屏幕上的文字，宛若发表就职演讲的政治家。突然间，他一声惊呼：“大校？地球防卫军技术首席？这么年轻！”

人群议论纷纷。有由衷赞许的，有自叹弗如的，但更多的是年轻男性释放荷尔蒙的不良幻想。高云没有理会聒噪的战友们，他悄悄收拾好餐具，向着后厨走去。

特种兵的日程被严苛的训练塞得满满，尽管没有上层的禁令，他们与后勤人员的交集也仅限于领取补给品时。但此类常识在高云身上并不适用。厨师们对他的出现习以为常，高云同其中几位热情地打了招呼，又拍了拍正在切菜的机器厨师的头。与身材肥硕的主厨擦身而过时，高云动作飞快地将一包地球产的香烟塞进对方的衣兜中。

“换下工装，真轻松啊！”主厨小声嘟囔着。高云心领神会地点点头。

走出操作间的后门，高云来到了厨师们的更衣室。拉拉最内侧的柜门，主厨果然“粗心地”忘记了上锁。高云将手臂伸入衣堆，摸出了主厨的身份ID卡。

指挥官的房间和会客室位于地下深处，在提高安全性的同时，也利用地热为房间保持了恒温。除非接受特别任务，普通士兵是没有权限进入这片区域的。

高云用主厨的身份ID卡刷开了送餐用的货梯。会客室是基地监控最为严格的区域之一，他并不能贸然闯入。货梯停在了基地最下层的机械间，推拉门刚一开启，一股热风便夹杂着机油的味道扑面而来。高云捂住鼻子，穿过盘根错节的管线，来到了中央空调的送风管道下方。他熟练地卸下防尘罩，俯下身子钻入管道。现在的时间是7点45分，他必须在15分钟内赶到目标地点，否则整点时的送风会将他烤成肉干。

机械间同会客室有着53米的高度差，当沿着记忆中的路线攀爬至目标地点时，高云已是大汗淋漓。透过防尘罩的间隙，高云识别出会客室深棕色的木地板。他伸出头勘探一番，继而挺直身子一跃而下。

会客室的大厅一片漆黑，高云猫在欧式沙发的后方，俯着身子向卧室走去。卧室的门半掩着，没有灯光，透过战士历经磨炼的耳膜，高云捕捉到房间内微弱的摩擦声。他抽出腰间的战术匕首，反握在手中。

成败在此一举。

高云一脚踢开房门，只用了0.1秒便在黑暗中锁定了目标。他一个跨步向前，手中的匕首画出一道冷光。高云无数次地在脑中模拟了这个场景，身体的每个细胞都能够随着直觉做出本能的反应。但他未曾想到的是，当匕首停在女人颈动脉前2毫米时，核铳冰冷的枪口抵在了他的下颚上。

灯光骤然亮起。很久之后，高云依然能够清晰地回忆起那时的画面——

方慧赤身裸体地站在穿衣镜前，尽管面对着一个陌生的男人，她的双眼中却没有一丝惊恐或羞赧，凌厉的目光好似一头野狼。

警笛声大作。门外响起嘈杂的脚步声，伊迪萨正带着警备队匆匆赶来。高云举起双手，匕首落在地上，发出清脆的声响。

禁闭室内狭小而闷热，一束微弱的光透过门上的缝隙射进来，打在斑驳的地面上。高云被套上了拘束衣，坐在钢椅上不能移动分毫。幽闭的空间能够模糊人对时间的感受，但高云并不感到焦急。

不知过了多久，响亮的军靴声唤醒了小憩中的高云，伊迪萨推开房门，突如其来的光线刺得高云双眼胀痛。

伊迪萨打开一盏应急灯摆在桌上，锁死房门，走到高云面前。高云抬头端详着指挥官的脸，可还没等他看清楚伊迪萨的表情，势大力沉的一记勾拳便招呼在他的肚子上。

“想要撬开你的嘴方法多得是，但我偏爱这种最原始的。”

伊迪萨话音未落，又是一记重拳打在高云脸上。高云连同钢椅一起倒在地上，咳出一口脓血。伊迪萨揪住高云的头发将他拎了起来：

“说吧，谁指使你这么干的？”

“你在开玩笑吗？”高云艰难地挤出一个冷笑，“除了心镜那种专攻信息战的家伙，我们都没有机会接触通信网络。这点你不是最清楚吗？”

伊迪萨揪住属下的头向墙壁撞去。高云发出一声惨叫蜷缩在地上，额头上流下几道血痕。伊迪萨俯视着高云，说道：

“在基地里你自然没有机会。但进入基地前可就说不准了。”

高云吃力地翻过身子仰面朝天，喘着粗气说道：“入伍时，你可是把我的祖宗八代都查了个底朝天。”

伊迪萨蹲下身子看着高云，细声道：“资料并不可靠，但记忆却不会说谎。你说呢，侦探先生？”

高云大吃一惊。看着乱了方寸的猎物，伊迪萨的嘴角微微上扬："你加入军队是因为受到了威胁，而一切的根源就是那个女人。只有杀了她，你才能够重获自由。这就是你今晚袭击方慧的理由。"

高云与伊迪萨对视片刻，继而投降般地别开视线："既然清楚我的底细，为何还放纵我加入军队？"

伊迪萨笑道："军队选人的标准不光是忠诚，更重要的是有用。我们十分欣赏你的侦探才华，所以你才能够加入地球防卫军，成为Dust小队的一员。"

高云沉默片刻，长出一口气，说道："我并不知道威胁我的人是谁。但我不想让他如愿，所以我要杀了那个女人。"

伊迪萨没有说什么，她掏出匕首在高云面前晃了晃，毫不犹豫地刺了下去。高云闭紧双眼，可伊迪萨的匕首只是划破了拘束衣，并没有伤及他分毫。

"明天随我一同离开布雷德星，我会给你机会。"伊迪萨背对着属下说道，身影很快便消失在走廊的另一头。高云挣脱开拘束衣，"大"字形躺在冰凉的地板上，脸上露出久违的笑容。

他成功了，一切都在按照计划顺利推进。高云十分庆幸，军方对记忆的读取还没有很高的精确度。高云合上眼睑，晶状体内的纳米机器在漆黑的视野中描绘出几只火柴人一般的符号。这是一段只有他和那个人清楚解读方式的密码，也是他两年来收到的第八条指令：

“军方想要杀死方慧。设法加入行动，保护她。”

翌日，高云按照指令前往基地深处的机甲仓库。穿过悠长的岩石走廊，爬下陡峭的台阶，不时会有穿着浅蓝色工装的技术人员与他擦肩而过。高云认出几张熟悉的脸，他曾在补给船的人流中望见过这些人。在最深处的扫描仪前录入虹膜信息后，一扇数十米高的金属大门缓缓开启。

“嗨，老高！”高云刚踏入机甲仓库，便远远地听到了心镜的声音。他循声望去，在几十米的远处瞥见了熟悉的银发身影。

“你也被伊迪萨叫来了？”高云走上前问道。

“是啊，伊迪萨说有个机密行动，需要我的狙击技术。但不使用自己手臂射击，我还真没有十足的信心。”心镜露出爽朗的笑容。他用力地拍拍高云的后背，“你小子可就幸运了，今天就可以和搭档测试匹配度！”

“搭档？”

顺着心镜手指的方向望去，高云不由得发出一声惊叹。眼前的庞然大物是一部数十米高的人形机器，通体披着纯黑的装甲，关节处闪耀着黯淡的红光。机甲有着舞蹈演员一般的纤细身材，宛若一名身着黑色晚礼服的绅士。

“看到了吗？这就是你的搭档，Jack。”通信器中响起伊迪萨的声音。“它的性能为你进行了优化，有着优异的机动性和近战能力，主要用来执行潜入和暗杀的任务。”

“我的搭档Queen还需要几天的调整，优化狙击性能的工作更加复杂一些。”心镜指了指Jack一旁还罩着帆布的大家伙，露出失望的神情。

即便在由多国精英组成的地球防卫军中，机甲战士也代表了最顶尖的科技。动用如此先进的兵器，此次任务的难度可想而知。就在高云陷入猜想时，伊迪萨下令道：“你去准备一下，今天要测试Jack的性能。我可以保证，第一次绝对不会舒服。”

10分钟后，工作人员为高云套上一件黑色的紧身驾驶服，弹性十足的面料下肌肉的轮廓清晰可见。黑色巨人的胸部装甲缓缓开启，高云攀着脚手架跃入Jack的驾驶舱。驾驶舱内部十分宽敞，高云坐在正中间的驾驶席上，无数电缆自座席内侧伸出，将凉飕飕的金属电极片贴在身体的各个位置上。Jack的动作控制通过读取驾驶员的神经信号完成，开启或关闭发动机、使用武器等操作则需依靠控制面板。根据军事机械工程学的原理，在复杂环境下，人类最快速的反应永远是对身体的控制，机体设计成并不适合地面作战的人形，也是为了令驾驶员的反应能够完美地反馈到机体上。

此次任务的主战场是宇宙空间，人形机甲的性能可以得到完美的发挥。

舱门缓缓关闭，伴随着电子设备启动的声音，高云的眼前展开了一张巨型的全息屏幕，将外部的环境一览无余。通过聚焦调节，他甚至可以清晰地看到心镜的毛孔。工作人员指挥着大家退去，耳旁传来隆隆的巨响，机甲仓库连通外界的阀门缓缓开启，恒星的光芒顺着缝隙流泻而入，将钢铁巨人的身影映衬得愈加伟岸。

“能听到我的声音吗？”全息屏一角弹出伊迪萨的影像。

“很清楚。”

“这次任务我负责指挥，请根据指示行动。”

“收到。”

高云开启了Jack的发动机，巨大的机体发出轻微的震颤。模拟驾驶机动兵器是Dust小队平日训练的必修课，熟悉Jack的操作对高云而言并不困难。伊迪萨的影像消失不见，取而代之的是红色的倒计时。当数字跳到“0”时，高云猛地拉起操纵杆……

刺耳的气流声响起，Jack开足马力俯冲而去，强烈的余波震得脚手架吱吱作响。

一阵黑色的风暴掠过茂密的原始森林，外表酷似翼龙的生物吓得四处逃散。从高空望去，布雷德星的碧绿比地球还要美丽。如果不是恶劣的生存环境，这里一定可以成为人类的乐园。Jack划着优美的曲线穿越群山，又沿着瀑布笔直向上，飞溅的水花折射出一道道彩虹。

“保持航向，突破大气圈。”耳中传来了伊迪萨的命令。

“遵命。”

高云开启了托卡马克引擎，Jack暗红的关节处喷射出淡紫色的等离子体，瞬间令机体获得了几十个G的加速度。高云感到身体一阵酸痛，但有了体内纳米机器的支撑，再辅助以驾驶席上的惯性抵消装置，并没有更多的不适。喷射而出的等离子体形成了一层保护膜，布雷德星的大气层中闪过一颗火流星。

一分钟后，行星的弧形轮廓显现在高云的视野中，星空将无穷的魅力蕴含于虚无，毫不吝惜地洒向孤独的驾驶员。脱离布雷德星大气圈时，Jack的速度已经达到50倍音速，超过了地球的第三宇宙速度。高云操纵机体进行了几次变向，Jack在星空中画出了一道道淡紫色的折线。

“感觉如何？”伊迪萨问道。

“好像自己身体的一部分。”

“很好，机能测试到此为止，接下来是反应能力测试。请沿着四点钟的方向前进。”

高云遵照伊迪萨指示的航线飞去，不消片刻，不计其数的悬浮金属球进入他的视野。这些金属球的直径在一米上下，中空的内部装配有染料和马达，是特种兵训练精确操控能力的辅助设备。

“保持现在的速度，通过阵列。”

“收到。”

金属球彼此间距不足百米，相较于Jack的体型而言绝不宽敞。高云深吸一口气，操作Jack冲了上去，在无重力的太空，他已感受不到机体高速运动带来的压迫感。金属球阵列化作一颗颗来袭的子弹，高云轻微地移动着身体，以最小的动作幅度躲避开一次次的攻击。几秒钟后，Jack在阵列中穿过，装甲上没有留下一块擦痕。

“重复一遍，这次会加大难度。”

“遵命。”

Jack划着椭圆形的轨迹折了回来。当阵列再次进入视野时，高云看到金属球们快速地运动起来，无规则的轨迹好似躁动的蚁群。

“喂，过分了吧？”

“你可以试试Jack的王牌。”

按照伊迪萨的指示，高云按下了右手边的红色按钮。刹那间，世界变成了黑白色，视野中金属球的动作慢了下来，仿佛慢放的镜头一般，它们的行动轨迹在高云眼中画出一张曲线图。这是Jack特有的预测系统，能够借助A.I.的运算能力，将对手几秒后的行动反馈给驾驶员。

“现在你的大脑已同Jack的主机联结，计算能力大幅提升。”由于时间感改变，伊迪萨的声线低沉得好像大叔。

对此刻的高云而言，完成闪避比通过静止阵列时还要简单。Jack从容地舞蹈着，在漆黑的太空中泼出一道赤红的墨迹。高云甚至爱上了这种感觉，它好似烈酒下肚后的微醺。

然而突然间，世界改变了颜色。高云的时间停滞了，金属球的动作慢得近乎静止，他甚至能够捕捉到全息屏的每一帧刷新。他试图挪动身体，然而肌体的反应却远远跟不上他意识的速度。突然间，眼前的景色化作一幅幅遥远的静态画面，拖拽着光影向无限远处退去。世界刹那间染上无垢的洁白，强烈的失重感顺着神经扩展到每一个细胞……

在下落的过程中，高云将一幅幅陌生的影像印在了头脑中。昏黄的欧式酒吧。弥漫着红沙的战场。几世纪前的遥远航线。金属的棺材。燃烧的少女。

“你干得很好，请迅速返航。”

伊迪萨的声音将高云猛地拉回现实。预测系统已自动关闭，豆大的汗珠自毛孔中渗出，化作完美的球型液滴四散开来。高云扯下头部的电极，任凭Jack随着惯性高速漂移。他试着握紧拳头，指尖传来阵阵酥软感。

2. Paradox行星

高云喘着粗气，倚靠在一片烧焦的墙壁上。恒星透过地平线将冷光打向惨白的地面，寒风中夹杂的冰霜如同钢针一般刺痛着伤口。高云扯下外套的一角，口手并用将左臂流着脓血的伤口扎紧。

他并不清楚自己为何会遭遇袭击，准确地说，他甚至不清楚10分钟前自己身在何处。他的记忆，定格在三天前的饭桌旁。

现实并没有给他更多的时间考虑。隔着事务所的断壁残垣，他捕捉到了对方的脚步声。高云忍着剧痛攀上高处，俯视袭击者的身影。

那是一片模糊的影像，身材仿佛少年，面容却好似曝光过度的照片，隐藏在暧昧的光晕中。对方使用了伪装用的光学迷彩，此刻高云手中却没有任何应对手段。

成败在此一举。

高云双腿一蹬俯冲而下，沿着头脑中设计的最短路径向少年袭去。眨眼间他已将力道运至刀锋，对方却刚刚发觉他的动作。

对方近战是个外行，能成功！

冰冷的弧线划过少年的面颊，如同拨开水面的浮萍一般，少年头部的光学迷彩被高云划开一道裂口。然而下一瞬间发生的事情，无论高云多少次地回味这个噩梦，也依然无法理解……

他失去了对身体的控制。高云并不清楚对方是怎样做到的，在能够思考之前，少年的一套连击已经招呼在他伤痕累累的身体上。高云重重地撞在坍塌的壁炉上，刺痛自骨缝传遍全身。

少年走到高云面前，揪着头发将他拎了起来。他取出一管针剂，刺入高云的腹部。

“想活命的话，设法加入地球防卫军，按我的指示行动。”

高云瞪大双眼，想要将少年的容貌刻印在记忆中。然而最后留在记忆中的，只是这一句对方变声后的指令。

……

“迅速来我的办公室集合！”

通信器中传来伊迪萨的声音。高云猛地从床上坐起，连忙抓过一条毛巾披在肩上，汗水浸透了衬衫。他已经很久没有做过这个噩梦了，方慧的出现再一次唤醒了沉睡的心魔。

此时距离Jack的初次飞行已过了三天，期间心镜完成了Queen的驾驶测试，执行任务的太空船也已运送到布雷德星域。距离真相只有一步之遥了，在这次行动中，那个袭击者一定会露出尾巴，高云默默告诉自己。

按照指示来到伊迪萨的办公室门前，高云依然感到阵阵恶寒在骨髓中游荡，噩梦中少年的身影挥之不去。他深吸一口气，以最标准的军人步伐推门走了进去。伊迪萨穿着深蓝色军装正襟危坐在皮椅上，肩章和纽扣打理得一丝不苟，早些到达的心镜对他挥挥手。

“恭喜你们通过了所有测试，正式获得了参加这次行动的资格。”伊迪萨用一贯的干冷语调陈述着，“你们此刻依然拥有最后一次选择的机会：加入行动，或转身离开，永远滚出Dust小队。”

心镜微笑着耸耸肩，高云用立正回应了长官。

“很好，跟我来。”伊迪萨麻利地站起身来，她旋动了手边一个不起眼的旋钮，右侧墙壁处的书架立即向两侧滑去，露出了藏身其后的电梯间。电梯内并没有楼层选择的按钮，伊迪萨在监视摄像前验证了虹膜后，电梯便以巨大的加速度向深处驶去。

穿过电梯外长长的通道，三人来到了一个宽敞的房间。这里的墙壁上遍布着全息投影，基地内外的景象一览无余。方慧坐在方桌的一侧，她的身旁站了一位陌生的少女，身着紫色紧身衣，脸上罩着全息眼罩，小巧的耳垂在发际间若隐若现。方慧一眼便看出了高云的疑惑，说道：“相信不必自我介绍了。这位是我的助手，镧。”

叫镧的少女标准地向他鞠了一躬。高云有些尴尬地皱皱眉，与方慧对峙的画面历历在目。

“多谢高云先生的‘见面礼’。”方慧抿嘴笑道，“只不过以这种方式打招呼，Dust小队的访客恐怕会越来越少。”

原来伊迪萨为他的行动做过解释，高云暗想。这时，一旁的心镜看着镧问道：“你的名字是兰花的兰吗？还是波澜的澜？”

“第57号元素，Lanthanum。”镧开口道，声音好似八音盒一般清脆。“我是慧慧制作的第57号人形A.I.，所以用‘镧’来命名。”

方慧对镧做了个手势。镧的左手握住右臂，轻轻一扯，外侧的皮肤便如同鳞片一般渐次翻开，露出内部的合金骨架和电子线路。方慧好似恶作剧成功的孩子一般，得意地说道：“镧是我最得意的作品，她还是一位优秀的驾驶员呢！”

方慧介绍过镧之后，伊迪萨注视着两名属下，说道：“这一次，Dust小队要执行一项关系到人类文明的未来的特殊任务。任务内容在地球防卫军内部属于最高机密，所以你们到现在为止还一无所知。”

镧的手指发出几道光，在空气中投影出一片星空。

“技术性说明交给我吧！”方慧接过了解说的任务。在镧的操作下，全息投影中斑斑点点的星空逐渐聚焦，最终定格在一颗褐色的圆球状物体上。高云认得这种“星体”，它是名为爱因斯坦—罗森桥的时空通道，俗称虫洞。

“这是人类步入宇宙世纪以来，发现的第25417个虫洞。”方慧娴熟地解说道，“但与其他虫洞不同，它连接到了十分遥远的宇宙空间。”

镜头迅速拉远，燃烧的恒星迅速缩小为光点，银河系的轮廓显现出来。几秒钟后，银河系也缩小为肉眼难以分辨的像素点，映入眼帘的是斑驳的室女座超星系团。方慧打了个响指，红色的指示标出现在投影的另一角。

“这里是银河系所在的位置，超星系团的外围。”伴随着她的解说，第二个指示标出现在投影的另一端，“25417号虫洞连接到九千万光年之外宇宙空间，这在人类文明史上是绝无仅有的。”

镜头飞速聚焦到虫洞的另一端，大大小小的恒星与行星再次显现，并不具备天文学知识的高云很难分辨出它们同银河系的星体有何区别。画面最终定格在一颗浅黄色的行星上。

“探险队穿越了虫洞，在那里他们发现了一颗奇怪的行星，我们命名为Paradox。”

佯谬。悖论。仅凭名字便可以猜想这颗不起眼的行星上藏了多少秘密。方慧继续解说道：“它并不是一颗行星，而是未知文明建造的，直径约为0.7个地球的小型戴森球。探险队降落在行星上，对它的内部进行了勘测。然而那里并没有固体内核，而是未知的、人类科技无法解析的空间。根据科研界的主流观点，Paradox的内部是在宇宙诞生初期，高等文明大战后的遗迹。”

“有什么证据吗？”心镜疑问。

方慧微笑道：“你没有发觉近年来太空船技术在突飞猛进吗？

三年前探险队在勘测Paradox时带回了神秘的设备，经解析后发现是微缩型阿克别瑞引擎。”

高云回想起，三年前仅有超大型太空船才可以搭载体积庞大的阿克别瑞引擎，而近年来小型太空船也有能力进行上百光年的超速航行了。

“这样一块肥肉，自然有鼠辈在觊觎。”一直沉默的伊迪萨说话了，她站起身来走到高云和心镜面前：“三年前，探险队在返程时被袭击了，九死一生。”

心镜皱眉道：“那边有星际文明存在吗？”

方慧对镧点点头，后者立即心领神会地推来一只小型集装箱，光洁的金属外壳反射着冷光。方慧按下开关，刺耳的气流声响起，箱中涌出大量的白色烟雾。烟雾并没有味道，推测为液氮或干冰等低温物体与空间接触后产生的水汽。箱体中立着一支半米高的金属支架，不锈钢的外壁反射出冷光。支架顶部固定着一个四方形的透明盒子，外壁由几厘米厚的高硬度聚合物制成，一枚火柴盒大小的金属色立方体躺在其中。立方体的表面光洁如镜，隔着屏障映衬出众人的脸。

“我们做过了能谱和X射线衍射分析，这是一块β型碳化硅的单晶，元素纯度达到99%。”方慧一面解说，一面打开控制面板，操作着一只机械手向晶体移动过去。“下面我要‘唤醒’它，请大家看仔细。”

那一瞬间，即便是久经训练的高云也完全没有看清楚发生了什么。在机械手接触到金属块的刹那，他听到了尖锐的金属撕裂声，待意识有所反应时，视野中的晶体已生长出了无数的尖刺，光洁的立方体转瞬间化成仙人掌一般的刺球。一枚尖刺径直贯穿了机械手的液压管，失去动力的机械臂无力地耷拉着。

高云刚要提问，方慧却摆出了“嘘”的动作。蓖麻般的尖刺渐渐收缩，视野中的怪物以肉眼可见的速度变回立方晶体的形貌。下一瞬间，立方体的上表面渐渐凸起，如同建造金字塔一般，在几秒钟的时间内，一块棱角分明的锥形体便从本体中分离了出来。本体剩余的部分也迅速改变着形貌，它的厚度逐渐削减，在另两个方向却快速地延展开来，不消片刻便形成了指环状的环形带，将锥形体嵌套其中。锥形体高速旋转了起来，还没等高云搞清楚发生了什么，它便像子弹一般地弹射出去，伴随着一声巨响，在聚合物外壁上留下了绿豆大小的伤痕。

晶体的攻击并没有停止。锥形体和圆环再度融合，化成一枚直立的、有着正六边形截面的柱状体。猛然间，柱状体的上端放射出耀眼的蓝光，整个房间被打上了一层淡蓝的光晕。方慧用一只手遮住眼睛，走到控制台前：“别怕，盒体的外表面镀有反射蓝光的纳米涂层，这种强度的激光攻击是无效的。”在方慧按下红色按钮的瞬间，高云听到了玻璃破碎般的清响，刺眼的蓝色激光瞬间消失，柱状体顷刻间碎成粉末。

“超声粉碎。”方慧得意地解说道，“只要计算出它的共振频率，再放射相应频段的超声波即可。”她拉下一个扳手，低沉的轰鸣声响起，金属支架四周再次涌出白色的烟雾，集装箱厚重的外壳缓缓关闭。“无论它怎样厉害，行动所需的能量依然需要从外界获取。箱子里装备有液氦循环制冷机，只要降低到绝对零度附近，它就会老实待着啦！”

“乖乖，这是什么怪物？”心镜额头淌下几滴冷汗。

“如大家所见，这块晶体具有自我意识。”完成操作后，方慧面向大家，开始了解说。“它能够根据需求改变自身结构，例如由立方晶系的β型碳化硅转化为六角晶系的α型碳化硅，借助晶体生长的原理，便可以长出尖刺进行物理攻击。碳化硅的硬度很高，通常材料难以抵挡。”

心镜追问：“那个钻头又是怎么回事？”

“晶体中含有磁性杂质，通过控制杂质原子在晶格中的排布，可以有选择地产生铁磁性或者反铁磁性。环形带中的电子定向运动形成涡旋电流，如同电动马达一般，磁性的锥形体便会在洛伦兹力的驱动下旋转起来。再借助电磁炮的原理，这便是一枚破坏力的强大的炮弹。”方慧将双手背在身后，“同样，通过控制杂质原子的排布，碳化硅可以形成p型及n的半导体。有了p-n结，它便是一台小型的固体激光器。碳化硅的带隙是3.2电子伏特，恰好位于蓝光波段。”

高云捅了捅集装箱的外壁："我们要穿过晶体文明的封锁，从Paradox中收集信息吗？"

"不，我要你们把整颗行星'偷'回来。"伊迪萨露出意味深长的笑容，"任务的代号就是'摘星行动'。"

伊迪萨抖抖抹布上的尘土，将擦拭锃亮的核铳收进行李箱。她一直秉承着军人标准的作息时间，能够在一切环境中安然入睡，没有任何不良嗜好，因此行李一向简洁。然而她对随身兵器的要求却近乎苛刻，必须经过亲手调试，用起来才会得心应手。

透过碳合金匕首刀身的反光，伊迪萨瞥见了自己的容貌。她并不喜欢这张脸，每次面对镜子，这张脸都会令她想到那个女人。为了忘掉她，伊迪萨甚至做过整形手术，却并不成功。颧骨更高了，下颚更尖了，整体看上去却只是成熟稳重了一些的那个女人。终究，她是一名纯粹的战士，整形手术这种可能影响身体机能的事情，一次便已足够。

猛然间，她瞥见近千米的远方有一道寒光。并非真的有光，而是究竟锤炼的精神面对危机产生的直觉，一种宇宙世纪的脑科学都无法解释的本能反应。伊迪萨叹了口气，将匕首别在腰间。

心镜躲在小山丘的灌木丛中，透过狙击镜窥视着伊迪萨的房间。布雷德星恶劣的自然环境构成了天然屏障，基地的建造者并不需要考虑对暗杀的防范，长官的房间近乎毫无防备地暴露在镜筒中。然而伊迪萨的眼力远胜功能最为优秀的光学探头，心镜经过多次尝试，才选定了这样一个隐蔽的藏身之处。

淡绿色百叶窗在夜风中摇摆着，两分钟前，伊迪萨正在房间的一角收拾行李。

突然间，心镜的鼓膜捕捉到一丝微弱的声响，其强度不过虫蚁爬过落叶，却足以令他全身寒毛倒竖。他闪电般地掉转枪头，手腕却重重挨了一击，狙击枪被丢向半空。心镜毫不迟疑地挥舞手刀劈下，对方只是轻描淡写地一个卸力，便借势将他的手臂反剪在背后。

“游戏结束了。”伊迪萨用力踢了心镜屁股一脚，男人脸朝下重重摔在湿冷的泥地里。她接住落下的狙击枪，熟练地拆开枪膛，里面并没有子弹。

“自从加入Dust小队以来，这已经是你第84次偷窥我的房间了。”伊迪萨冷笑道，“我一向听之任之。”

“这次为什么拆穿我？”心镜挣扎着爬起来，忍痛将脱臼的右臂上了回去。

“将活物投喂给猛兽，是为了训练它的捕猎能力。”伊迪萨将狙击枪丢回心镜手里，“很可惜，训练期已经结束了。”

心镜凝视地面片刻，问道：“你都知道了？”

“再告诉你一个消息吧。”伊迪萨并没有正面回应，“我并不是你要找的那个人。”

“你一定知道什么！”心镜突然间怒吼起来，“告诉我！”

“那个人的事情，我并不比你了解更多。”伊迪萨凑到心镜面前，小声说道，“但地球防卫军的技术首席，可就不一定了。”

伊迪萨转身离去，心镜呆呆地站在原地，几滴鲜血自紧握的拳中流下，落在泥土里。

3. Ash系统

高云匆匆换上便装，向着太空船的舰桥一路小跑。20分钟前，他刚刚驾驶Jack登上太空船，此刻正在以相对布雷德星0.1倍的光速，向着25417号虫洞驶去。

这是一艘名为“潜渊号”的白色太空船，它有着橄榄球一般的外形，中心部位两排火炮贯穿了整个圆弧，为母舰提供了全立体角的防护。在这次任务中，母舰的主要任务是运输，这样的外形设计最有利于在战斗中自保。飞船提供了与地球相当的人工重力，住起来相当舒适——至少比布雷德星的训练营要好上许多。

方慧、镧和伊迪萨早些时候乘坐运输舱登舰，此刻早已等在舰桥。高云到达不久后，心镜才匆匆赶到，高云看到他带着重重的黑眼圈，不知昨晚熬夜做了什么。

“‘摘星行动’已正式启动，下面，我会为大家详细说明作战计划。”方慧开门见山地说道，“此刻距离太空船穿越虫洞还有37小时的时间，大家有充足的时间休息。”

众人点点头，方慧补充道：“有些老生常谈了……但还是重复一遍吧。‘摘星行动’属于地球防卫军的最高机密，因此诸位的全部生活用品，包括计算机等常用工具，都由太空船统一配备。也许有些不方便，还希望大家克服一下。”

“要是有人敢抱怨，我会踢他的屁股。”伊迪萨代替属下们做了答复。

在方慧的授意下，镧投影出一片星空。褐色的Paradox悬在画面左侧，更加吸引高云注意的，却是右上角的一颗轮廓闪着金黄色光芒，内部却一片虚无的大型天体。

“如大家所见，Paradox围绕一颗黑洞公转。”方慧解释道，“正是这颗黑洞，为‘摘星’提供了可能。”

全息投影的镜头逐渐拉远，Paradox化作不起眼的像素点，浑圆的虫洞出现在画面右下角。

“从虫洞到黑洞的距离，大约是383光时。按照预计，我们在这段路程中会遭遇晶体文明的袭击。”方慧的眼中闪过一丝冷光，“遗憾的是，进攻的规模、强度、方式，一律是未知。”

心镜将双臂挽在胸前，微微摆头，伊迪萨岿然不动地站在方慧后方，冷静的表情仿佛一尊石像。

“行动的第一步，是安全登陆Paradox。我们需要将潜渊号携带的四部超大型阿克别瑞引擎安装在行星的指定位置，这样一来，Paradox便成了一部行星级太空船。”

镧将Paradox的画面放大，用红色的标识指明了引擎的安装位置。高云粗略估计了一下，大约是正四面体的四个顶点。方慧继续解说道：

“当然，潜渊号不可能携带足以带回行星的燃料，阿克别瑞引擎中装载的能量，只能够将行星推进至百分之一的光速。虽然已经达到了Paradox所在星域的逃逸速度，但这样返回虫洞，大约需要四年五个月。且不说太空船上的生活物资是否足够，不等太空船到达虫洞，我们便会被晶体文明撕成碎片。

“于是我们需要利用黑洞的引力加速。根据计算，如果以百分之一的光速将Paradox向黑洞推进，只需三小时，在黑洞引力的加速下，它便能够掠过黑洞的边缘，并在10分钟内被引力加速至0.3倍光速。更重要的是，掠过黑洞边缘时，采能设备能够从黑洞的辐射中获得足够的能量，推进行星直至通过虫洞。”

“乖乖，这么困难的任务，出动大部队也不为过吧！”心镜终于忍不住抱怨了出来。

“上层自有考量。”伊迪萨的回复令下属无从反驳。高云在一瞬间瞥向方慧的侧脸，对方的神情中似乎带着一丝兴奋。

心镜叹气道：“靠三台机体虎口夺食，恐怕凶多吉少啊……”

方慧神秘地一笑：“我当然不会让大家白白送命。请随我来。”

方慧将舰桥的指挥交给镧，带领Dust小队的三人乘上了位于餐厅一角的电梯。潜渊号采用了四层的设计：休息区、餐厅和舰桥位于一层，二层是宽敞的观景台，这里有布满穹顶的星空全息投影，还设置了舒适的座椅与咖啡机，负一层是机动兵器的机甲仓库，战士们的训练设施也集成在这里。方慧选择了最下方的负二层，这里是新技术的实验室。

电梯门开启后，四人进入了一个狭小的房间，墙壁上布满了不同朝向的孔洞。方慧按下墙上的绿色按钮，孔洞中喷射出干热的风。几十秒后，风停了下来，方慧解释说："房间中的设备需要无尘的超净环境。太空船上的气体是无尘的，最大的污染源来自人体，因此风淋十分必要。"

走出风淋室，众人来到一间开阔的房间中。房间四壁被厚实的不锈钢墙壁包围着，一台外形酷似CT仪的设备孤零零躺在房间正中，复杂的线缆好似热带雨林发达的根系。

"这是一台基于量子纠缠态原理的复制设备。它可以记录下人体的全部信息，即便战死，也能够通过纠缠态令大家'复活'。"方慧将手按在设备庞大的金属外壳上，"当然，记忆会产生少许缺失，因为'复活'时的你只拥有备份那个时间节点的记忆。"

心镜惊叹道："应用量子纠缠态技术复制宏观物体，至今不是依然停留在理论层面吗？"

方慧笑道："那只是官方说辞，因为复制技术的普及会带来麻烦的社会问题。在这一点上的争论，更甚于当年的克隆人技术。

实际上量子纠缠态复制技术已进入实用阶段，别说人体了，即便机动兵器在战斗中被破坏，这台设备也照样能复制出来。”她环视着惊讶的众人，得意地说道：“这就是我们的王牌，名为‘Ash系统’。”

Dust小队和Ash系统还真是般配，高云在心中暗想。

之后，高云吞下一颗胶囊，躺入机器的舱体中。方慧合上外壁后，高云听到轻微的马达声，眼前不时有LED灯闪烁。整个过程只持续了几分钟，当方慧告之备份已经结束时，高云没有产生任何异样的感觉。

“你方才吞下的是通信设备，它每隔10分钟向母舰发送一次信号。如果母舰没有收到通信，便会启动复制。胶囊中的纳米机器一旦探测到死亡时特殊的电学信号，或是遭到物理性的损坏——例如你和胶囊一起被烧焦了，就会中断通信。当然，吞下胶囊前设备会扫描你们的虹膜信息，将胶囊的编号同个人备份相关联。如果复制出其他人，可就难办了。”方慧俏皮地笑笑，“通信设备同样基于量子纠缠态原理，即便在相隔天文单位的星域战斗，Ash系统也能够正常工作。需要注意的是，通信设备并不会被一起复制，所以你们一旦真的‘复活’，需要再吞下一颗胶囊，才能保证Ash系统正常运作。”

“为什么要设计得这么麻烦？”心镜挠挠头，“难道是因为胶囊本身就是基于量子纠缠态的发信器，一同复制容易导致差错吗？”

“完全正确。Ash系统运作的第一优先级，是保证复制过程不会出错。也不要同时吞下两颗，量子纠缠态通信设备之间容易彼此干扰……啊！”方慧拍拍额头，难为情地笑道，“我应当在高云先生备份之前说明的，这样这段记忆才可以维持——不过无所谓了，上战场前大家都会更新一次备份的。”

心镜在高云之后进行了备份。伊迪萨似乎对备份有些排斥，表示她并不会直接参与战斗，没有战死的风险。

“这是黑川司令的命令，即便是身为技术人员的我也进行了备份。如果您执意拒绝，一旦发生意外我恐怕很难交代。”方慧轻描淡写地说道。伊迪萨的脸上闪过转瞬即逝的不满，随即吞下胶囊，麻利地躺在了设备里。

在方慧操作设备时，高云偷偷看向她的背影，藏在短马尾后的脖颈是如此的白皙而又纤细。这个女人同神秘的袭击者之间有着怎样的联系？

伊迪萨完成了备份，从密封舱中站了起来。高云看看指挥官，又扫了一眼一副轻松姿态的心镜。比起晶体文明，也许变幻莫测的人心更加难以捉摸。

潜渊号的航行进入第46小时，25417号虫洞已近在咫尺。

高云离开房间，向餐厅走去。休息区总共有四个房间，伊迪萨和方慧的房间位于正中，高云和心镜的房间位于两侧。途径方慧的房门前时高云停顿了两秒，轻微的呼吸声告诉他此刻方慧正在屋内休息。在利用寻常方法能够到达的区域中，只有此处高云还没有搜查过。

心镜正坐在餐厅，一面喝着啤酒，一面对着电脑屏幕快速敲击着键盘。同死党打过招呼，高云来到了位于负一层的射击训练场。依照伊迪萨的习惯，此刻她应当在进行射击训练。

进入训练室，宽广的空间内一片漆黑，借着射击的微弱火光，高云看到伊迪萨正双手持枪，向着前方的黑暗扣动扳机。几声枪响过后，灯光自动亮了起来，远处的智能机器人忙碌地清理着地上的碎片。入口正上方的屏幕显示出“44/45”的成绩，伊迪萨扯下耳罩，将手枪拍在桌上，看着高云问道：

“来一把吗？”

高云接过枪，麻利地上好子弹，用力拍下桌面上的红色按钮。灯光再次熄灭，几秒钟后，几道黯淡的蓝光自远方闪现，旋即消失在黑暗之中，如同转瞬即逝的萤火。这是一种为了应对宇宙空间作战而设计的训练。训练内容与通常的飞碟射击类似，只不过枪手必须身处黑暗的环境中，只有零点几秒的时间能够捕捉飞碟的轨迹，然后进行盲射。黑暗的环境是为了模拟实战的情景，对枪手的动态视力、判断力及空间感都是极大的考验。

高云单手持枪站立，快速打完了一梭子弹，远处不时传来飞碟碎裂的声响。

“怎么样？”伊迪萨问道。

“糟透了。”高云用了不到一秒便完成了装弹，对着黑暗又打出一枪。“没想到对方是一只杀不死的火鸟，如果她愿意，可以让自己的备份遍布银河系。”

“这点你不用担心。”伊迪萨的手指把玩着弹壳，“上层已经清理了她所有可能接触的区域，这艘太空船是她最后的壁垒。不要说向外界传输数据，哪怕她同外界进行不必要的联系，都会被一网打尽。”

“不如干脆将太空船炸掉？”

“那可不行。”伊迪萨淡漠地回应，“‘摘星行动’必须完成。方慧也必须死。”

高云冷笑道：“要榨干最后的价值吗？你还真是冷酷。”

“对于‘摘星行动’，方慧是必不可少的。我和她并没有私人恩怨，但命令就是命令。”伊迪萨凝视着黑暗，“我倒想看看，身为舰长的她有多少本事。”

灯光再次亮了起来，显示器上给出了高云的成绩：“43/45”。高云卸下弹夹，用脚踩着掉落的弹壳：“如果必须在‘摘星’与暗杀之间二选一呢？”

远处，企鹅型机器人捡起一只漏网的飞碟，向着收纳口移去。伊迪萨猛地射出一枪，子弹不偏不倚地击碎了被机器人举在头上的飞碟。她将弹壳丢入回收箱，轻描淡写地答道："摘星。然后炸毁太空船。"

远处的机器人摇摇头，伸出器械臂清理碎片。

离开射击训练房，高云向着机甲仓库中的Jack走去。在踏入战场前，他想再熟悉一次驾驶舱的味道。转过拐角，一架从未见过的机体映入眼帘。登陆潜渊号时，这部机体还罩着厚厚的帆布，不计其数的工程机器人在忙碌着整备工作。这就是Jack和Queen之外的第三部机体，镧的座驾Ace。高云沿着脚手架攀到上层，机甲战士周身披着纯白色的装甲，边缘处装饰着暗紫色的几何图案。与Jack和Queen专长于某项功能不同，Ace给人一种均衡的美感。

高云突然注意到，更高处隐约传来悠扬的小提琴声。他顺着脚手架向上攀，远远望见Ace的驾驶舱开启着，镧安然坐在驾驶席上，手指随着音乐的节奏在大腿上打着拍子。

在潜渊号上，镧是方慧唯一可以信赖的对象，也是伊迪萨实现目标的最大阻碍。镧的战斗能力还是个谜，高云决定趁这个机会了解清楚。他放慢节奏，缓缓向Ace的驾驶舱攀去。

出乎高云意料的是，直到他站在镧的身旁，对方都没能感知到他的存在。高云没有打扰沉浸在音乐中的镧，而是默默地听了下去。乐曲始终保持着轻快舒缓的节奏，绵长的小提琴与跃动的钢琴相互交织，宛若一群嬉戏的顽童。一曲终了，镧方才惊觉身旁站了人。她站起身来，语气平淡地说道：

“抱歉没有察觉。音频分析函数全部用来识别音乐的信息，没能对传感器中的微弱信号做出反应。”

“这首是保罗·莫里哀的作品吧？”高云注视着镧的全息眼罩，问道。

镧的神情中闪过一丝不易察觉的惊讶：“高云先生了解他吗？”

“收集过一些专辑。莫里哀的曲风别致，活泼而明朗，蕴含着一种特别的格调。但这首曲子我从未听过。”有句话高云没有说出，那是一种距离他十分遥远的格调。因为疏远，所以喜欢。

“《我爱肖邦》，改编自肖邦的《升c小调夜曲》。”镧说出了曲目名称，“莫里哀的作品我都很喜欢，欢快的如《费加罗的婚礼》，哀伤的如《受伤的小鸟》，它们能带领我在童话一般的世界中遨游，令身心得到放松。”打开话匣子后，高云发现身为A.I.的镧其实很健谈。“休息的时间我喜欢听莫里哀，驾驶Ace时更喜欢詹姆斯·拉斯特。听着拉斯特的轻音乐，在宇宙空间中飞翔时，有一种星光下起舞感觉。”

“也许这样问有些不礼貌……”高云斟酌着用词，“你欣赏音乐，是为了更方便地和人类交流吗？”

“无论A.I.如何发达，构筑其底层算法的根基依然是形式语言。”镧麻利地答道，“形式语言必须借助公理化的形式构造其内部逻辑，然而几世纪前哥德尔便已证明，这种体系必然是不完备的，这意味着A.I.永远无法摆脱图灵机停机的问题。与此同时，语言学家帕特南证明了，除非现实世界中个体数量为无穷，形式语言与自然语言之间不可能存在唯一的一一对应关系，这又意味着A.I.无法对现实世界构筑唯一性解释。既然不存在理论上的最优解，A.I.会在自我学习中借用某种方式生成被逻辑过程舍弃的算法，通过与现实世界的互动来检验其效率。我选择的方法，就是听音乐。”

高云笑问：“你从音乐中得到了什么？”

镧答道：“当我使用听觉传感器而非快速傅里叶变换算法解析音乐文件时，底层的机器学习算法会规律性地生成一些程序包。将这些程序包进行定义后，我发觉其内部逻辑与人类对音乐的解读高度类似。”

高云还想问些什么，可是突然间，镧猛地拉住他的手臂，将他扯向了自己身后。高云迅速回过头来，看到一根粗大的钢筋脱离了脚手架，向着驾驶舱的方向砸了过来！

高云的身体在大脑发出命令前行动了。他一只手握住镧的手腕，双腿用力一跳，向着另一旁的脚手架跃去。两人的身体在空中划出一条抛物线，高云的另一只手顺利地抓住了十米开外的脚手架，身后钢筋砸在Ace的装甲上，发出巨大的声响。机甲仓库里响起警报，工蚁般的工程机器人赶了过来，迅速将钢筋恢复原位。

高云带着镧来到安全地带，镧面无表情地说道：“高云先生不应当选择保护我。我是机器人，没有痛觉，即便损坏也很容易修复。”

“去责怪方慧吧！”高云喘着粗气，“她把你做得太像人类了，害得我不自觉就行动了。”

离开机甲仓库时，高云将藏在衣兜中的脚手架螺丝丢入垃圾桶。他试图用这种方式对镧进行测试，却被自己的身体背叛了。对着冰冷的地面，高云以自己都难以听清的声音啐了一口：

“该死的第一定律！”

高云对星空并没有特别的情怀，那是他从小便看惯的风景，然而比起房间内的逼仄来，他还是更喜欢观景台的开阔。走出电梯，高云远远望见方慧站在天台的正中央，一动不动地仰望着穹顶的斑斑点点。高云心中一瞬间闪过与方慧对峙的情景，此刻方慧脸上的孤独与坚强，同那时的她最为接近。

“高云先生，你来了。”高云正在犹豫要不要露面，对方却抢先打了招呼。

高云走到方慧身边，与她肩并肩站着。方慧嘴角扬起微微的笑意，便再次将视线投向星空。

“舰长，那次……”高云打开了话匣子，他认为想要在独处时和方慧正常交流，就必须直面那次的冲突。然而他思来想去，也凑不出一句合适的话语。高云干咳两声，硬着头皮说道："你是个真正的战士。"

方慧双手背后，探过头来："高云先生是想说，我即便被男人看到了裸体，也能够冷静地做出判断吗？"看着高云尴尬的样子，她开心地大笑起来："哈哈哈，我反而觉得，高云先生看到赤身裸体的女性也能挥下刀子，实在是了不起呢！"

"我可是个军人！"高云怒喝一声。

"真巧，我也是。"

目光交接的瞬间，两人不约而同地笑了起来。少顷，方慧注视着星空，说道："高云先生，你觉得怎样才算是'面对真实的自我'呢？"

"想和我讨论哲学问题吗？"

"不妨当作偷看了我身体的补偿。"

高云耸耸肩，答道："我想，就是接受自己的一切缺点和不完美吧！清楚自己是个怎样的货色，却依然自爱。"

"好难啊……"方慧将双臂背在脑后，"独处时，我总喜欢躲在黑暗的房间里，凝视镜中的自己。我会问她，你是谁？然而每一次，她都会丢给我不同的答案。"

那时的方慧赤身裸体，难道是为了同镜中的自我对视吗？高云将疑问藏在了心底。方慧继续说道："高云先生，你听说过一篇叫作《朝闻道》的科幻小说吗？"

高云摇摇头。

“这是一篇创作于公元纪年21世纪初的科幻小说，思想却十分前卫。故事很简单，有一天，未知文明造访地球，他们带着远超人类的科技，却由于种种原因，无法将知识传授给人类。于是地球上的科学家自发地提出请求：给我知识，然后毁灭我。等我们将Paradox顺利带回去，那些求道者一定会乐疯吧！我想，我脑中的那些‘我’，也一定可以安静下来。”

方慧自始至终都凝视着星空，似是在自言自语，又似在对高云倾诉。高云暗自思忖，军方上层的意图，方慧一定早有察觉然，而他不但没能从方慧身上读到被逼至穷途末路的窘迫，反而有一分面对未知的期待与兴奋。

就在这时，方慧突然指着星空的一角激动地叫了起来：“快看，引力透镜！”

高云皱紧眉头努力辨识头顶的斑斑点点。“注意这几颗星的相对位置，是不是和另一位置的几颗星一模一样？”顺着方慧的手指，高云找到了近乎构成正五边形的五颗星，然而在相隔很远的另一位置，也有着五颗星构成了完全相同的图案。“简单来讲，引力能够弯曲光线，故而可以起到与透镜折射类似的效果。”方慧完全陷入了科学家的兴奋中，“当光源、引力源和观测者处于恰当的相对位置时，观测者便能够看到光线被引力源弯曲、会聚而形成的像。每当看到这种神奇的星象，我都禁不住感叹造物的神奇。”

转眼间，穹顶的星图便改变了形貌，高速航行的潜渊号已将方才的空间区域远远甩在身后。两人注视着星空，陷入了默契的沉默。少顷，方慧转身注视着高云，说道："Jack是我一手设计的杰作。高云先生，展现它的威力吧！"

斑驳的星空映在方慧的脸上，坚定的神情好似油彩中虔诚的朝圣者。

1i. 方慧的记忆之主管

方慧飘荡在一个奇异的空间里。即便睁开双眼，也没有一丝光线射入瞳孔，即便挥舞双手，也无法抓住任何东西。没有痛苦或疲惫，不如说，她已经失去了感受痛苦或疲惫的能力，心里有少许急躁，却丝毫不觉得惊慌或恐惧。

猛然间，四周明亮了起来。足底有了地面的触感，干燥的风吹在脸上，体内涌出一股燥热。几辆悬浮汽车在身边疾驰而过，明亮的车灯与屋顶的霓虹渐渐融为一体。身旁一对情侣坐在长椅上，共同吃着一盘刨冰。

方慧意识到，自己正在向着一个方向快速行走着。

那一刻，如同倒放的影像一般，无数的回忆涌入方慧的头脑。随着画面的渐渐清晰，方慧的脚步愈加敏捷与沉稳，胸中的燥热化作期待与快意。

两年前，怀揣着天真的梦想，方慧加入了地球防卫军的技术部门。在学校她并不是一个机灵的学生，做研究也仅有一腔热忱。现实立即教会了她竞争的残酷，依靠连续的熬夜与透支健康，她才勉强通过试用期。

拿到正式聘书的那一天，主管交给她一个十分困难的任务。看着方慧为难的神情，主管告诉她，可以有一年的时间用来攻关。

那是方慧生命中最艰苦的一段时光。没有了逛街，没有了聚会，甚至没有了节假日，在她的生活中，只剩下了永无止境的加班。功夫不负有心人，在距离限期两周前，她完成了技术攻关。

她兴奋地等待着主管的检验。那天，她热情地向主管和专家们介绍着自己的技术，好似向父母炫耀成绩单的孩童。她完全没有意识到，在不经意间，主管渐渐凑近了她的身体。

突然间，一股讨厌的感觉从皮肤传到了骨髓。片刻间，主管的手已经贴上了她的臀部。方慧呆呆地看着主管，对方只是投来不怀好意的一笑。

两天后，主管给方慧发来信息，邀请她一起吃饭。

方慧哭了一夜。尽管涉世不深，她也十分清楚这意味着什么。方慧逃了，她拒绝了主管的邀请，并战战兢兢地等待着报复的到来。

一周后，方慧的研究成果得到地球防卫军高层的赞许，长长的人员名单中没有她的名字。

两个月后，方慧被提任小组长，工作内容是后勤物品的发放。

半年后，方慧突然接到通知，要参加一次重要的测试任务。推开实验室的大门，方慧看到一群穿着白大褂的员工围在一台机器旁忙碌着，主管和几位军队的高层站在一旁。

“你应该感到荣幸。”主管开门见山地说道，“量子纠缠态传输设备是地球防卫军最先进的技术，你被选为第一批测试员。”他指了指自己，“我们会成为地球防卫军的骄傲。”

“需要让我……操作什么设备？”方慧紧张地询问。

“什么都不需要。你只要躺在机器里。”透过主管挂着人畜无害的笑脸，“你的志愿申请书已得到了批准。”

方慧突然记起，昨天有一份号称“保密品清单”的文件要她签字，却不允许她查看详细内容。

方慧已经无法记起自己有没有做出反抗，也无法记起躺在冰冷的机器中，她是怎样熬过那胆战心惊的一个小时的。方慧只记得实验结束后，她把胃里的食物全部吐了出来，整个身体在不停地颤抖。主管面无表情地离开了实验现场，几名医护人员将她搬到担架上，戴上了氧气面罩。

病房里，方慧渐渐平静了下来。她婉拒了医生打点滴的提议，因为她无法确定医生是否被买通、是否会在药品里动什么手脚。身体还在颤抖，但只有她自己清楚，那并不是由于恐惧和愤怒。

通过这次实验，她得到了某样东西。

道路尽头是星区最高的建筑，即便乘上快速电梯，也要花费两分钟才能到达顶部的旋转餐厅。三小时，方慧刚刚发信息邀请了主管。她清楚对方无法拒绝，因为短短一周的时间内，主管就已经一文不名，还背上了几个亿的高利贷。所有手续都是通过合法程序办理的，即便拜托最有名的侦探，主管也不可能追回一分钱。更重要的是，此刻星区警署的桌面上摆着主管犯下32起罪责的证据，毫无辩解余地。按照规矩，警察12小时后就会行动。方慧刻意选择了此处，因为这里是主管第一次邀请她赴约的地点。

方慧想要通过这次见面，再将主管向前推上一把。走出电梯时，方慧无法抑制地笑着，她很期待主管见到她时会是怎样的表情。穿着晚礼服的服务员礼貌地鞠了一躬，为方慧打开餐厅的玻璃门。

迈入房间的刹那，灯光骤然间黯淡下来，方慧进入了一间空无一人的剧场里。荧幕上正在播放着什么，她匆忙回过头去，却发现来时的路已经消失。

“第一单元已经结束。怎么样，合您的胃口吗？”耳边传来尖锐的电子音，方慧寻声望去，只见一台一人高的企鹅型机器人摇晃着笨拙的身体，从红色的幕布后方走了进来。

“你是谁？”方慧厉声问道。

“哈哈哈哈……”企鹅的脸上虽然无法做出表情，身体却笑得前仰后合。“您可真幽默，连我都不认识了？”

方慧刚想要辩驳，却注意到了屏幕上的影像：另一个她进入了餐厅，坐在主管的对面。

“这是……”

“想起来了吗？”企鹅用短短的前肢擦拭着并不存在的眼泪，“我就是……”

方慧在一瞬间惊醒，身体各处传来巨大的压迫感，四周的星空在高速旋转。她试图挪动身体，却没有一个部位听从大脑的指挥。就在这时，正前方出现了难以计数的障碍物，而她甚至无法停下身躯的移动。

方慧恐惧地闭上了眼睛。她控制着意识在身体的神经中游走，慢慢地，她识别出了四肢，识别出了躯干，尽管身躯依然不受控制，她已找回了些许存在的实感。然而在向内探索的过程中，方慧识别出一个陌生的存在。她从未有过这样的感受，但直觉告诉她，这个存在是摆脱目前处境的关键。

方慧细细感受着身体中的陌生物体，如同孕育新生命的母亲一般。渐渐的，她触摸到了呼吸，触摸到了心跳，触摸到了血液的流向，她接纳了它，它也接纳了她。再次睁开眼睛时，方慧终于完美地控制了身体。她尽情地舞着，无数彩球在身边跃动，宛若狂欢的精灵。

突然间，世界失去了色彩，眼前的一幕幕化作被突兀剪辑的黑白胶片。方慧仿佛进入了陌生的时空，无数从未见过的画面在眼前一一闪现。

方慧再次失去了意识。

4. 五十万千米的狙击

潜渊号的舰首探出虫洞，迎接众人的是九千万光年外的星空。望着观景窗外的斑斑点点，高云不禁遐想：如果能在其中找到地球，就能看到母星白垩纪的样子了吧！

“潜渊号已到达目标星域，距离目的地230光分。”镧报道。

“航速提升至0.95c，继续前进！”方慧麻利地下令道，“太空船状态如何？”

镧将手掌在空中划过，她的面前顷刻间弹出几十个悬浮窗口。她飞速地扫视着数据表和曲线图，不消片刻便得出了结论：

“太空船状态正常……咦？”

“怎么？”

镧将几张实时监测的曲线图放大到局部，端详片刻后答道：“有几处的仪表检测到了瞬间的脉冲电信号，脉宽在仪器的检出限以下。推测为宇宙射线，应当无害。”

“持续关注。”

“是。”

几小时后，黑洞的吸积盘已在视野中清晰可见，镧面对着复杂的仪表盘，将潜渊号的航速降低至百分之一的光速。心镜望着视野中完美的黑色球体，感叹道："乖乖，如果一不小心跌进去，岂不是尸骨无存了！"

"在一般人眼里黑洞想必很恐怖吧，但在科学家眼里，它们可美得很呢！"方慧的脸上洋溢着兴奋之情，她尽职尽责地扮演着讲师的角色："例如眼前的这一颗，有无数的天文学家在试图得到它的数据。"

心镜疑问道："黑洞这种天体在我们的银河里也多得很吧，这颗有什么特别吗？"

"听说过黑洞无毛定理吗？这条定理告诉我们，黑洞可以用简单的三个物理量来描述，即质量、电荷与角动量。"方慧耐心地科普着，"根据黑洞是否旋转以及是否带有电荷，可以将黑洞分为四种类型。最先被科学家理论预测的是即没有旋转也没有电荷的史瓦西黑洞，而在宇宙中，却是带电荷且旋转的科尔黑洞最为常见。这颗黑洞本身就属于极为稀有的，带有电荷却没有角动量的R-N黑洞，更加难得的是，它带有的是正电荷。"

心镜吹了一声口哨："这么说来，这是一颗'熊猫黑洞'喽？"

方慧立即被逗乐了："哈哈，这颗黑洞目前只有天文学编号，我同意叫它'熊猫'！"

"黑洞的引力会影响到作战区域的时间流速吗？"高云提出了

更为实际的问题。

“根据计算，Paradox所在位置的引力处于正常水平，大约是日地引力的1.67倍。”方慧的解说为大家吃了定心丸，“只要在指定的星域内行动，就不必担心时间收缩效应。需要提高警惕的，是利用黑洞引力加速时……”

突入起来的震颤打断了众人轻松的谈话。如同撞上巨大暗礁的岩石一般，潜渊号突然向一侧猛烈地倾斜，即便是惯性抵消装置也没能消除巨大的加速度。险些跌倒的镧扶着操作台站了起来，穹顶照明高频闪烁着，刺耳地警报声响起。

“左后侧翼遭受攻击，攻击来源不明！”镧飞速地敲击着全息键盘，太空船外侧的监视器将画面发送了过来——位于潜渊号左后方的小型推进器冒出滚滚浓烟，蜂群一般的工程机器人正忙着修理工作。

“放大画面！”方慧立即下令。随着监视器焦距的调节，高云看到圆柱形的推进器不见了三分之二，切面如同被锋利刀锋划过一般平整，甚至能够看到螺栓截面的横纹。

第二次攻击不期而至。潜渊号舰首闪出阵阵火花，烟雾后露出近乎浑圆的切口，直径不过数米，纵穿了太空船厚重的装甲，留下一道锥形的孔道。

“镧，立即估算攻击源的位置！”方慧一面下令，一面操纵太空船急转弯，试图躲避下一次来源不明的攻击。

“方位44.5°、38.7°，距离约为……五十万千米！”镧不到3秒便给出了答案，“慧慧，赶快寻找掩体！”

还没等高云来得及思考镧用了怎样的几何知识，巨大的加速度便晃得他一个踉跄。即便是身经百战的伊迪萨，在百分之一光速的急变速运动下，也不得不扶住墙壁。在监视器快速变换的画面中，高云看到一颗颗的小行星被拦腰切断，切面光洁如镜。30秒后，伴随着一个几乎让高云将肝脏呕吐出来的急刹车，方慧将太空船停在一颗月球大小的卫星后方。

方慧长舒一口气，瘫坐在金属座椅上。她右手扶住额头，望着天花板说道：“镧，调查一下攻击的真相。”

全息投影中的监视影像悉数换成了曲线图，淡绿色的线条如同不安分的孩童一般跳跃着。在高云完全无法理解的谱图中，有一个尖锋尤其扎眼。

“空间中电子浓度高得异常。”镧立即给出了解释，“慧慧，这莫非是……”

就在这时，飞船外的微型监视机器人传来了五十万千米外的画面：敌人的主体是巨大的青黑色圆柱体，一侧却带有十分尖锐的锥形尖端，尖端的正前方依次纵列着六个大小不一的圆环。

“电子能量损失谱也有了结果，敌方的主要成分是六硼化镧。”方慧注视着屏幕上的曲线图，“圆柱体的长度约3600千米，直径约260千米。没有错了，迎接我们的是一台巨型场发射电子枪，它有月球一般的体积，尖端却只有一个原子。椎体前方的圆环是六级磁透镜系统，当电子枪发射出电子后，它们可以对电子进行聚焦，空间精度小于1皮米。”

“这么说来，它们做出了一台行星尺寸的电子显微镜喽？”镧问道。

“没错，晶体文明通过自我意识控制磁透镜，实现电子束的聚焦和偏转。只要它们愿意，可以对行星进行原子精度的切割。”方慧尽力表现得平静，但还是在字里行间流露出震惊与兴奋。

面对超乎想象的敌人，Dust小队全员选择了沉默。方慧食指抵住额头，努力地思考着。少顷，她下令道：“如果一直躲在这里，不用太久这颗卫星便会被它挖穿。我们要开始反击了，镧进入Ace待命，Jack和Queen，准备出击！”

高云习惯在每一次战斗后总结错误，他相信这样做可以提高存活率。这次战斗过后，高云为自己找到的唯一错误，便是曾经怀疑过方慧的指令。

方慧的战术简单而粗暴：Jack快速移动吸引攻击，Queen则伺机穿越五十万千米狙击敌人。

高云跳入驾驶舱，深吸一口气。眼前弹出两张全息悬浮窗，方慧出现在较小的那张中，对他说道：

“高云先生，我现在将附近星域的星图传输给你。星图中会标明推荐的飞行路线，心镜先生的瞄准大约需要30秒，你要在这段时间内以最高速度完成一次飞行，躲回掩体后方。”

“在这种家伙眼中，不同的路线会有差别吗？”高云忍不住问道。

“如果在等焦距的曲面内飞行，电子束追击你只需稍稍改变偏转磁场。”方慧解释道，“尽管高速电子本身也具有很强的杀伤力，但想要切割天体，就必须将大量的电子聚焦在非常小的空间区域内。因此你需要不停地变换焦平面，对方调节焦距与相散的同时，也为你的闪避提供了时间。”

“遵命。”虽然无法完全理解方慧的解释，高云脑中的知识告诉他，方慧是正确的。他甚至感谢起儿时那次不人道的封闭训练来。

Jack的关节处喷射出淡紫色的等离子体，托卡马克引擎在几秒钟内将机体的速度推至极限。沉重的压力透过驾驶服作用在高云的身体上，高云一面绷紧肌肉，一面全神贯注地注视着快速变换的星空。电子束的攻击是不可视的，相比起月球一般大小的敌人，不可感知的攻击更加令人胆寒。高云一度想要开启预测系统，但回想起上次的经历，还是松开了按键上的手指。

利用这高云创造出的间隙，Queen离开母舰，隐藏在了一颗小行星后方。心镜操作机甲举起武器，这是一把发射等离子的舰载级武器，亚光速的等离子能够在两秒内跨越空间五十万千米，即便是月球尺度的敌人，吃上一击也会十分难受。心镜屏住呼吸，他凭借着飞行期间的瞬间记忆，微调着枪口的位置。机会只有一瞬间，如果他不能命中目标，Queen就会被高能聚焦电子束切成碎屑。

又是一次无声的攻击，晶体文明的电子束在几个毫秒的时间内将掩体的小行星刻蚀出难以计数的深坑。心镜丝毫不为之所动，他十分清楚，机会只有转瞬即逝的一刹那。

高云已经完成了一次巡回，躲回了潜渊号所在掩体后。心镜毫不犹豫地扣下扳机，灼热的等离子体化作一道光柱呼啸而去。

1秒，2秒……10秒钟过去了，监视器中依然没有发现命中的迹象。

“该死的，我到底打没打中！”心镜紧握操作杆，额头淌下汗滴。

“你的瞄准十分精准，可对方利用磁透镜，偏转了等离子体的轨迹。”方慧一面解释，一面传来了远处的监视影像。椎体前方的圆环偏离了原有位置，正在以肉眼可见的速度归位。

“现在该怎么办……他妈的！”心镜话音未落，Queen用作掩体的小行星已被削去一角，连同Queen左腿的一截，一同被遗弃在了冰冷的太空中。传感器带来阵阵痛感，机体断口处自动喷射出胶体，保护了裸露的电路。Queen的背部喷射出等离子体，银白色的躯体在太空中划过一条蛇行轨迹。这还是高云第一次见到Queen飞行的姿态，数把长枪悬浮在银色的装甲四周，好似女王的石榴裙。Queen是一部专门为远距离攻击设计的机体，携带了脉冲激光、镓离子、电子、正电子、电磁炮等多款狙击型武器。由于武器众多无法固定在机体上，工程师便在Queen的腰部安装了电磁发生器，令枪械们悬浮在机体的四周。

尽管没有Jack一般的高速，心镜还是赶在敌人第二次进攻之前找到了新的掩体。就在这时，方慧给出了难以理解的指令：

“高云先生，麻烦你再次进行掩护，心镜先生准备第二次射击，这次用最小的能量。”

高云并不想再次面对魅影一般的电子束攻击，然而本能并不允许他在战场上质疑命令。布雷德星上的两年，他已经成了一名真正的军人。再次开启引擎的同时，高云播放出了海顿的《C大调第1大提琴协奏曲》，他非常喜欢曲目中大提琴与乐团的对话，那些弦与弦的共鸣，能够令他冷静下来。

Jack以极速画出了一道淡紫色的曲线，在大提琴独奏部分结束的同时，高云平安回到了掩体行星的后方。与此同时，心镜完成了最低能量的射击，但等离子枪的前段被电子束扫过，冒出滚滚浓烟。

“该死！”心镜匆忙丢到滚烫的枪铳，“这次怎么样？”

“晶体文明的磁透镜没有移动分毫，这证明，它判定低剂量的攻击并不会造成伤害，因此不需要防御。”方慧答道。

“好吧，我和老高差点把命丢掉，只是为了弄清楚对方不需要防御！”心镜愤怒地吼了出来。

“执行命令！”通信器中传来伊迪萨的呵斥，心镜方才平静了下来。方慧丝毫不为之所动地继续解释：“即便是晶体文明，也会因为傲慢葬送自己。心镜先生，你的下一枪，会要了它的命！”

在方慧信心满满的话语中，心镜听到了一种强烈的期待。

心镜从未想过，自己会隔着五十万千米的距离，去狙击一颗原子。

高云第三次飞出掩体，吸引着晶体文明的电子束攻击。心镜麻利地切换了监视器的探头，眼前的画面变成了灰度图，锥形体的尖端在视野中格外明亮。这是Queen特有的，名为“高分辨电子扫描”的探测模式。真空低温的宇宙空间天然地提供了电子显微镜能够工作的环境，由探头捕捉空间中杂散的电子，便能够对前方的物体成像。特别在空间内遍布电子、目标物导电性良好的情况下，成像的空间精度甚至可以达到一个埃（即10^{-10}米）。

心镜不断地调整探测器的分辨率，显示器右下角的标尺已下降为1纳米，屏幕中的椎体尖端显现出致密的晶格条纹。

Queen利用精密的液压系统和压电陶瓷电机微调着瞄准的位置。如果这次射击能够命中，足够心镜夸耀一辈子。

这是一次特殊的攻击。既然晶体文明的磁透镜不会对低剂量的攻击做出防御，那就要利用它的这一疏忽，一击致命。

正电子脉冲。如果能够用低剂量的正电子脉冲准确无误地命中尖端，正负电子湮灭产生的能量就会对椎体造成破坏。尽管无法破坏敌人的主体，但损坏的尖端无法顺利地发射电子，即便自我修复也需要一定的时间。

人类将在这短短的时间内摧毁敌人。

“别让我失望啊！”

心镜扣下扳机，几千个正电子脉冲以亚光速向着目标飞去。数秒后，椎体尖端放射出耀眼的光芒，在一瞬间照亮了黑寂的深空。心镜的狙击分毫不差地命中了目标，椎体尖端出现了宏观尺度的破损。

“镧，正对敌人，全速航行！”方慧立即下达了总攻击的指令。潜渊号最强的攻击手段并非任何一门火炮，而是能够弯曲空间的阿克别瑞引擎。目前为止，这是人类唯一能够毁灭行星尺度物体的手段。

心镜远远地看到，太空船四周的景象渐渐变得扭曲，仿佛被翻搅的糖稀。下一瞬间，潜渊号已经如同离弦的箭一般弹射出去，沿途的真空能级被激发，留下一条闪光的通路。潜渊号跨越五十万千米只用了几个毫秒，这并不违反相对论的假设，因为阿克别瑞引擎卷曲了时空，太空船与近邻时空的相对速度依然低于光速。

1.67秒，这是光线走过五十万千米需要的时间，也是心镜看到遥远的星域闪烁光晕的时刻。量子纠缠态通信设备内传来方慧的声音：“敌人已被摧毁，Jack和Queen迅速返航……啊，估计你们需要飞上一会儿，我们可以休息啦！”

5. 放弃抵抗

观景窗内映出电子枪巨大的残骸，好似久经风沙的城郭遗迹。高云半躺在金属座椅中，凝视着天花板发呆。按照方慧的计划，潜渊号将在6小时的调整后再次前往Paradox。

“机器可以连续运转，人却需要休息。”拒绝伊迪萨快马加鞭的提议时，方慧如是说道。伊迪萨并没有表现出更多的抗议，只是耸耸肩，接受了舰长的命令。

高云的手中，握着一张指甲盖大小的存储卡。返航后，心镜一脸轻松的表情，丝毫不见激烈战斗后的疲惫。他很快卸下了蓝色的驾驶服，拍拍高云后背，摆摆手离开了。

高云换上便装时，口袋中多了这张存储卡。

然而需要高云去处理的事情堆得像山一样。伊迪萨命令他暗杀方慧，袭击者的命令却是保护方慧。如果违抗伊迪萨的命令，高云恐怕只能逃出部队，面对地球防卫军的通缉。袭击者在高云体内留下了量子纠缠态设备，无论逃到天涯海角，要他性命都是一瞬间的事情。高云需要在击退晶体文明的同时，巧妙地周旋在二者之间。

高云决定暂且不去理会这张存储卡。大脑依然处于兴奋状态，他想趁着思路清晰，将事情的脉络再次梳理一番：

伊迪萨同方慧没有私人恩怨，暗杀方慧的命令，一定是来自地球防卫军上层。说不定，这道命令就是出自黑川司令之口。随着人类版图的不断扩张，这支由各国政府出资兴建的精英部队逐渐强大起来，已慢慢脱离了各国的控制，成为宇宙世纪一支不可忽视的力量。处于地球防卫军权力中心的，便是黑川司令。据说在地球防卫军成立之初，是黑川游走于各国政府之间，最终拿到了足够的资助，使得这支部队脱离了为联合国装点门面的命运。到现在为止，这位神秘的司令掌权已经超过了一个世纪。

地球防卫军虽然强大，但在未知星域数不胜数的宇宙世纪，想要偷偷摸摸地活下去也并不困难。目前的关键，还是查明袭击者的真实身份，摆脱他的控制。

从两年前开始，袭击者就在为保护方慧布局，高云则是他手中的棋子。他威胁高云加入了地球防卫军，又指挥他加入Dust小队，最终登上了潜渊号，每一次时机的把握都恰到好处。据此判断，此人在地球防卫军内部拥有强大的信息网。

潜渊号上的所有人都有嫌疑。心镜是信息战的高手，甚至会利于闲暇时间帮精力过剩的战友们窃取女孩子的资料；伊迪萨表面上站在方慧的对立面，但说不定这才是她最强的伪装；可能性最小的反而是方慧本人，如果她有能力跑到边远星区找上高云，早就趁机逃跑了。当然，更大的可能性，那位神秘的少年压根就不在潜渊号上，此刻他仍在虫洞的另一侧，暗中观察着一切。

想要继续推理下去，高云还缺少关键的线索。

高云再次回想起那段噩梦般的经历，同样的推理他已经进行了无数次。那次袭击共有四个疑点：

其一，高云行事一向谨慎，他尽量不结下仇家，经常将事务所在不同的星域之间移动，只通过特殊的网络接活。对方是怎样找上他的？

其二，高云为事务所设下了层层防御，从回忆的细节来看，神秘少年并非战斗专家。他是如何突破防线的？

其三，在战斗过程中，高云曾一度失去对身体的控制。神秘少年用了怎样的手段？

最后也是最关键的，在遭受袭击前，高云莫名其妙地丢失了三天的记忆。在这三天里，究竟发生了什么？

高云曾经推理出一个答案。只需简单的一个假设，所有疑点都可以得到解释。然而那个解答太荒唐了，又缺少充足的证据，高云不愿意相信那就是真相。

高云摇摇头，向着床铺走去。肾上腺素消耗殆尽，一阵阵疲惫感袭击着意识。然而在高云的手触碰床铺的瞬间，战士的直觉立即令他警觉起来，他退后一步，拔出核铳对准床铺……

这里被人动过。

床下没有藏匿空间。塞在床垫下方的纸片没有移动，排除安装炸药的可能。高云集中精神，慢慢地，他捕捉到了微弱的化学药水的味道。高云迅速退到出口旁，关闭了房间的照明。如同魔术一般，床单上显现出跳舞小人的暗号，这是神秘少年发给他的第9条指令：

伊迪萨不能死。

高云收起武器，嘴角微微上扬。

对方终于露出了破绽。

在机甲仓库的角落，厚重的钢板隔离出一个立方体的房间。这里是镧的整备室——与其这么讲，倒不如说“房间”更为恰当。镧为自己准备了床铺、书桌等家具用品，唯一的不同，是衣柜中装满了各式各样的零部件。

镧攀着绳索缓缓降到地面。战斗结束后，她并没有离开Ace，而是留在驾驶舱中短暂地享受了音乐。简单的调整后，她需要尽快返回舰桥，潜渊号再次启动前还有大量的系统设置工作需要完成。

来到整备室门前，镧远远地看到有人背靠墙壁等在那里。

“这里是你的房间？”伊迪萨见镧走来，上前问道。

“是的。”

在镧打开房门的同时，伊迪萨嗅到一股放置金属物品仓库里特有的味道。

“介意我参观一下吗？”

“您拥有仅次于舰长的权限。”

“如果问你个人的想法呢？”

“请便。”

镧打开房门右手边的开关，白光照明自天花板流泻而下。伊迪萨环视着整备室内单调的布局，很快便失去了兴趣。

“这场战斗，舰长的智慧相当出色。”伊迪萨推开衣柜，看着里面各式各样的机械臂，饶有深意地笑笑。

“这是我第一次目睹慧慧指挥战斗，并没有可以参照的标准。”

“不需要。”伊迪萨立即回应道，“能够网罗到这样的人才，是地球防卫军的幸运。”

说罢，她关上衣柜，向着房门外走去。离开整备室前，她回过头来，对镧说道：“你其实并不希望我进入房间吧，只是阿西莫夫定律不允许你做出另外的选择。这种心情我能理解。”

镧没有回应，目送着伊迪萨消失在视野中。

不久后，第二位访客不期而至。

“嗨，镧小姐！”心镜没有敲门便推开了房门，但他立即发觉自己的行为欠妥，匆忙道歉：“不好意思，我……可以进来吗？”

“您并没有访问此处的权限。”镧机械地回答。

心镜挠挠头：“那我就站在这里吧。其实，我只是想找镧小姐请教个问题。”

“没有问题。请注意不要问涉及军事情报或技术机密的事情。”

“放心，我对军方那些条条框框清楚得很。”心镜没有理会镧的冷淡，自顾自地说道：“我想问的是……在负二层的实验室里，都有哪些设备？”他立即补充道，“啊，这总不至于涉密吧！”

“除Ash系统外，实验室配置有42台常规分析实验室的设备。按照设备布置的空间位置，它们依次是角分辨X射线光电子能谱仪、X射线衍射仪、8通道离子束扫描电子显微镜、气象色谱—质谱连用仪、8G赫兹液体核磁共振仪、拉曼光谱仪……”

“等等！”心镜匆忙打断了镧冗长的陈述，“我不可能记得住这么多。我感兴趣的是……这里有没有医疗设备？”

“有了Ash系统，不存在紧急抢救的必要。”镧答道，“实验室只配备了13台简单的医疗设备。心镜先生有哪里不舒服吗？”

“小腿总在痛，我担心伤到骨头。如果有X光机，就可以简单检查一下。”

“有很多。简单的X光检查只需借助信用卡大小的相机，考虑到紧急处理骨折的需要，太空船上配置了20台。心镜先生如果需要，我可以帮你检查。”

“不必了，我自己弄一下就好。这是训练时留下的老毛病了，基地医疗条件很差。”

“我尊重心镜先生的意见。我会指派一台工程机器人，带您去取机器。”

“太感谢了！”心镜兴奋地握握镧的手。镧依然如同雕塑一般，不动如山地站在那里。

高云来到舰桥时，方慧和心镜正在谈笑。巨大的全息屏中投影出晶体文明的残骸，它的圆柱形躯体已被摧毁了大半，锐利的尖端却保留了下来。见高云走来，方慧指着全息屏的影像问道：

“从这个角度看过去，‘屋大维’很气派吧！”

高云皱皱眉：“屋大维？”

“敌人总要有个名字吧，数字编号太无趣了，干脆用古罗马皇帝称呼。”方慧笑道，“它们会按照皇帝的历史顺序依次命名，说实话，我一点都不想见到暴君尼禄。”

高云盯着屏幕中完美的锥形尖端，问：“它不会再生了吗？”

“身体毁了大半，尽管电子枪和磁透镜的功能性依然完好，它的自我意识已经消失了，不再构成威胁。”方慧一面解释，一面盯着画面中的大家伙，“行星尺度的微观加工，太美了，我实在不忍心毁掉。”

方慧恋恋不舍地告别了有着帝王称号的巨型电子枪，潜渊号再次启动，向着黑洞另一侧的Paradox驶去。这段旅程十分短暂，没过多久，葡萄粒大小的Paradox便出现在视野中。行星通体闪烁着死寂的银灰，好似一张没有色彩的灰度图。

方慧转过身来面向着众人，沉稳地布置道："潜渊号已抵达目标。诸位战士，接下来是你们的舞台。你们需要驾驶机动兵器降落到Paradox地表，确认安全后再进行下一步行动。镧，这次你也需要出动，作战期间你编入Dust小队，要听从伊迪萨长官的命令。"

"是。"镧一个标准的立正。

"Dust小队立即就位，进入战备状态！"

随着伊迪萨的一声令下，高云、心镜和镧立即向着机甲仓库小跑而去。离开前高云偷偷瞥了方慧一眼，她凝望着目标的眼神，依然是如此的坚毅而睿智。

机甲仓库的舱门缓缓开启，船内的气体急速涌向真空。驾驶舱内部投影出伊迪萨的影像，指挥官铿锵有力地下令道：

"Jack、Queen、Ace，出动！"

"是！"

三部机体画着不同的轨迹飞向深空。伊迪萨下令："Queen使用激光武器原地射击，待接收到光信号反馈后，Jack和Ace立即推进！"

"Queen收到！"

Queen划着圆润的曲线向前方进发。一支狙击枪在磁场的控制下飞离裙摆，落在Queen手中。这是一台功率高达1015瓦的脉冲激光器，能够发射波长为1056纳米、脉宽只有几个纳秒的脉冲激光，其威力足以夷平一座小山。Queen的裙摆下方喷射出五道淡紫色的等离子体，宛若盛开的紫荆花。A.I.精准地调控了喷射的方向，为即将进行狙击作业的机体提供了稳定的支撑。

“我来了，怪物们！”

随着心镜的一声高呼，难以计数的激光脉冲打向了远方的行星。这些激光脉冲的脉宽只有几个纳米，能够将难以置信的功率集中在几个微米的空间区域内。几秒钟后，光栅光谱仪探测器有了响应，被行星表面反射的部分光子已返回了初始位置。众人屏住呼吸注视着Paradox，几分钟过去了，星域内依然毫无动静。

心镜叹气道：“晶体文明不会放弃了这里吧？这下我们可赚大了！”

“Queen原地待命，Jack和Ace低速接近目标！”伊迪萨下达了命令，“一定要注意敌人的偷袭！”

高云推动了Jack的操作杆。随着主引擎的启动，一曲悠扬的舞曲奏了起来。这一次高云精心挑选了蒙蒂的《恰尔达什舞曲》为战场伴奏，这种源自匈牙利的舞曲由两部分组成，前半部分慢节奏的“拉邵”如同寂静的星空一般舒缓，后半部分的舞曲“弗里斯”热烈而狂野，好似真空下沸腾的狄拉克海。在此曲的诸多演奏者中，高云选择了吉卜赛小提琴家拉卡托斯的版本，比起热烈的交响乐来，他认为独奏的小提琴更适合孤寂的宇宙。

高云曾询问过战友们喜欢的音乐，心镜喜欢爵士，却认为战斗时听音乐会分心；伊迪萨则表示自己对旋律一窍不通；到头来，高云只在身为A.I.的镧那里找到了共鸣。望着Ace优雅的背影，高云回想起镧独自享受音乐时的样子。此刻Ace的驾驶舱内，回响着拉斯特的哪一支轻音乐呢？

Paradox在视野中渐渐变大。即便已接近同步轨道，星体银灰色的表面依然光洁如镜，完全看不到土黄色的地表和翻滚的云层。

“老高，那边什么情况？”远处的心镜问道。

“完全不见敌人的踪影。”高云的视线始终没有离开目标，“说不定我们真的交了好运，‘屋大维’是晶体帝国唯一的皇帝。”

“可惜，这一次Queen没了施展的舞台。”

如果当时能够看到心镜的影像，高云一定会对着他的脸来上一记老拳——这个乌鸦嘴话音未落，高云便发现指示计上的速度数值飞速下降，巨大加速度仿佛重锤一般击打着每一块肌肉上。几秒钟的时间内，Jack与行星之间的相对速度就降为了零。如果不是惯性抵消装置的辅助，高云的身体早已被巨大的加速度撕扯得四分五裂。

“镧，你还好吗？”高云开启了同Ace的通信。

“空间中突然产生了排斥力。”镧答道，“大约在8秒前。”

高云迅速检查了Jack的机体状态。没有来自舰桥的通信，伊迪萨他们尚未发现15光秒外的异状。

“我来尝试突进。”

高云决定冒险一试。他将Jack的发动机开到最大功率，机体关节处喷射而出的等离子体在真空中弥散开来，仿佛恶魔张开的羽翼。速度指示计有了示数，Jack以每秒数百米的速度缓慢推进着。然而下一秒钟，高云视野中的景象翻滚起来，Jack被更加巨大的斥力向着远离行星的方向推去。终于维持住机体平衡后，高云看到Ace也同样被推了出来，镧维持住了机体的姿势，迅速装备上机枪和长剑，警惕着四周的敌人。

“这究竟是什么鬼？”高云一面令Jack与Ace维持着背靠背的阵型，一面扫描着四周的空域。这时，来自舰桥的通信终于响了起来：

“紧急情况！”方慧的声音有些慌张，“我刚刚进行了计算，Paradox的体积同探险队的报告有出入，直径增大到了1.6倍！”高云还未思索出这意味着什么，方慧便给出了答案：“你们看到的行星地表，就是晶体文明的第二位使者，‘提比略’！”

高云不会忘记愤怒的大海。那是一颗几乎被液态水覆盖了地表的行星，地壳活动能够掀到近千米的巨浪，远远望去就好像地平线压了过来。海洋中居住着一种外表酷似鲨鱼的碳基生物，它们的体重堪比巨型航母，借着巨浪能够一跃到达平流层。可即便见识过如此场面，眼前的景象依然令高云目瞪口呆。

完美无瑕的银灰色地表上泛起了涟漪。那是无数个完美的同心圆，从地表的几十个点扩散开来，迅速覆盖了行星的整个表面。涟漪相会之处荡起银灰色的巨浪，仿佛整个地表沸腾了一般，又好似黏稠的巨型台风。巨浪在十几秒的时间内越过了同步轨道，将难以计数的金属液滴抛洒向太空。转眼间，在行星地表直至三倍地月距离的星域内，遍布了大小不一的银灰色液滴，将高云和镧牢牢禁锢其中。

高云将两把等离子切割器握在Jack手中，剑状的兵器闪烁着明亮的辉光。等离子体上千度的高温足以切断一切常规材料，是近战武器的不二之选。高云和镧同液滴大军之间维持着微妙的平衡。他们清楚，每一颗液滴都是'提比略'的一部分，它们都拥有自我意识，他们只需露出一丝破绽，顷刻间便会被撕裂。

打破平衡的契机立刻出现了。

高云瞥见深空中闪过一道光，顷刻间最外层的数百颗液滴化作碎屑。远处的攻击仍在继续，每一发都分毫不差地击在包围网的同一位置，转眼便为高云与镧开辟了一条通路。

"Jack与Ace，立即撤退！"伊迪萨下令道，"退回母舰，重新制定战术！"

"老高，快！我掩护你们！"心镜近乎沙哑地呼喊着。

四周的液滴军团迅速向着被粉碎的同伴们的位置移动着，试图堵死高云和镧的退路。就在这时，一道直径数米的等离子体光柱呼啸而来，将沿途的液滴蒸发为弥散的原子。在脉冲激光狙击后，心镜立即换上等离子枪对相同位置进行了射击，亚光速的等离子体与激光脉冲巧妙地构成了时间差攻击。

高云行动了。速度开启到极限的Jack画出一道暗红色的轨迹，宛若飘荡的红色披风。他挥起兵刃，向着拦在路上的一颗液滴砍了下去……

手臂处传来强烈的痛感，兵刃的尖端在距离液滴几个厘米的地方停了下来。高云定睛一看，液滴已化作棱角分明的正八面体，产生的斥力阻止了Jack的攻击。

下一瞬间，数百枚锥形体自敌人体内喷射而出，化作超音速的子弹袭向Jack。高云在零点几秒的时间内锁定了攻击的轨迹，Jack手中的剑刃舞作辉光的防护网，将椎体悉数击落。

就在这时，正八面体的表面冒出火光。Ace端起手中的机枪，将一梭弹药悉数灌入敌人体内，正八面体内部冒出阵阵火光。这种子弹的表面涂覆有金刚石颗粒，几乎能够穿透一切常规材料。弹壳内灌注了烈性炸药和液态氧气，即便在真空环境中也能引爆。

“高云先生，快！”

高云没有放过这个机会。Jack向着千疮百孔的正八面体俯冲而去，阻力消失了，Jack手中的兵刃在几个毫秒的时间内将敌人拦腰斩断。

“镧，跟上来！”

没有选择了，高云再次开启了Jack的撒手锏。刹那间，世界变成了黑白色，视野中液滴大军的动作慢了下来，它们的行动轨迹在高云眼中画出一张曲线图。Jack化作一道赤红色的烈焰，它巧妙地在液滴大军的间隙中穿梭，向着安全星域疾驰而去。在Jack的近旁，无数的液滴彼此相撞，化作粉末。高云一面躲避着敌人的攻击，一面关注着远处的Ace。突然间，一颗液滴自视线的死角向Ace袭来，Jack迅速丢出一枚飞刀，等离子利刃穿过液滴兵团的间隙，分毫不差地命中了两千米外的目标。镧麻利地转身一刀，将偷袭的敌人砍做两段。

光明已近在眼前。可就在距离安全空域不足几百千米的地方，巨大的斥力再次浪潮一般地袭来，转眼间便将Jack和Ace的速度降为零。难以计数的液滴簇拥在一起，融合成一道遮天蔽日的墙壁。墙壁表面由无数的正八面体拼接而成，厚度一直延伸出几十千米。

“高云先生，当心！”

听到镧的嘶喊，高云猛地回过身来。手臂处传来撕裂般的疼痛，一颗液滴化作椎体，贯穿了Jack左臂的装甲。高云用力拉下操作杆，在Jack摆脱敌人的同时，一只手臂化作了太空的尘屑。就在这时，巨大的斥力自背后传来，巨墙开始向着Paradox的方向移动，将Jack和Ace推向液滴的大军！

“已不存在理论上的脱离路线，请放弃抵抗。”通信器中响起了方慧的声音。

“你说什么？”高云的眼中布满血丝，愤怒地吼道。

“请相信我。”

简短的四个字，却如同魔法的咒语一般。高云脑中一瞬间闪过了与“屋大维”做战时的画面，他松开了操作杆。下一瞬间，一枚椎体贯穿了Jack的驾驶舱，径直插入了他的腹部。高云映在眼中最后的影像，是难以计数的椎体如同绞肉机一般，将Ace撕成了碎片。

6. Ash的复制

高云猛地张开眼睛，白色的照明灯打在金属墙壁上，泛出淡淡的冷光。在他的记忆中，潜渊号刚刚抵达Paradox，为了迎接新的战斗，三名驾驶员都更新了自己的备份数据。

看看赤裸的上身，高云立即明白发生了什么。企鹅型机器人送来新的驾驶服，高云匆忙套在身上，向着舰桥跑去。

“我战死了吗？”刚刚踏入舰桥，高云便忙不迭地问道。

“你死得很壮烈。”伊迪萨冷笑道，她指了指大屏幕上的影像，“看吧，10分钟前，你的尸体便已化作他们的养料。”

高云看向前方，难以计数的金属液滴好似飞舞的黄蜂一般，形成了一道无法逾越的屏障。

“呦，老高！”心镜出现在屏幕一角，“也许这么说有点怪……恭喜你活过来！”

就在这时，高云看到前方的虚空中勾勒出彩色的轮廓，轮廓渐渐变得清晰，雾状的空间被实物填满。几秒钟后，完好无损的Ace立在了高云的面前。亲眼看见Ash系统的工作，高云终于切实体会到，自己已经死过了一次。

“Jack的复制还需要一段时间，我来说明一下吧。”方慧离开了指挥席，将自己丢在皮椅中。经历这样一场战斗，精神想必已十分疲惫。

从方慧口中得知战斗经过后，高云问道：“斥力的真相查明了吗？”

“光谱分析刚刚有了结果，敌人的元素成分是钇钡铜氧，晶体结构是钙钛矿。”方慧答道，“宇宙空间的温度接近绝对零度，在这样的极低温下，钇钡铜氧处于超导态。你们感受到的斥力，是超导体的完全抗磁性造成的，就好像悬浮列车的原理一样。”

高云追问：“Jack和Ace并不带有磁性，为何会产生斥力呢？”

“这也是‘提比略’的杰作。”方慧叹了口气，“我同时对Paradox周边的星域进行了光谱分析，那里遍布着钕铁硼永磁体的纳米颗粒。只要接近Paradox，身体就会附着上细密的永磁体颗粒，超导体具有完全抗磁性，只要靠近，你们就会被行星表面所排斥。它们早就布置好了防御系统，只等着我们上钩。”

“它们不但数量众多，还能够‘合体’成任何形态。现在看来，我们想要接近它都十分困难。”通信器中传来心镜的感叹。

伊迪萨提议：“不能像上次一样，直接开启阿克别瑞引擎冲过去吗？”

镧摇摇头：“潜渊号上的引擎，摧毁‘屋大维’尺度的敌人已经是极限了，‘提比略’的体积是‘屋大维’的五十倍以上。即便能量足够，没头没脑的冲撞也会将Paradox的外壳一同破坏。要知道，我们可没能力再造戴森球来安装引擎。”

潜渊号近旁的空间中勾勒出黑色的轮廓，Ash系统完成了Jack的复制。按照方慧的解释，精密的复制非但会消耗巨大的能量，还在不停磨损着系统。这是Ash系统首次投入实战，其耐久度尚未通过测试，因此并不能过多依赖。

“办法还是有的。”方慧望向高云，目光中露出不可动摇的决心。“高云先生，要麻烦你再跑一趟了。”

“提比略”一战过后，高云再也没有怀疑过方慧的任何命令。

Jack和Ace背靠背站立着，Jack的手中握着一个集装箱大小的黑色方块，这是由特殊制备方法生长出的单壁纳米碳管，直径只有几个纳米，长度却达到了数十万千米。这根细细的纤维本是修复装甲的备用材料，此刻却成为作战计划的关键。

“Jack和Ace，出动！”

高云与镧几乎在同一时刻拉下操作杆，两部机体背靠背盘旋前进，宛若相互纠缠的黑与白的螺旋，径直插入了晶体大军。它们喷射出的等离子体为彼此形成了一道高温的屏障，可以令空间中的钕铁硼永磁体的纳米颗粒失去磁性。

Jack和Ace擦过液滴兵团的边缘，向着黑洞近旁的空域飞去。

出发前，方慧为高云和镧布置了战术。

“即便Jack的速度再快，再次闯入‘提比略’的大军之中，也无异于送死。为此我们必须冒个险。”方慧在屏幕上投影出黑洞附近空域，并将靠近Paradox的一侧标注了高亮。“‘提比略’分裂出的士兵都是钇钡铜氧的超导体，材料的强度决定了它不可能承受黑洞的潮汐力。根据计算，一旦接近这个区域，液滴便会被黑洞的引力撕裂。因此，我们需要依靠速度最快的Jack，经由黑洞边缘绕开敌人的封锁。”

“这个区域的时间流速怎样？”高云将双臂挽在胸前，问道。

“以Jack的安全速度，8分钟左右可以通过时间收缩效应明显的区域，对应潜渊号上的时间，大约27分钟。”方慧解说道，“为避免时间流速差异带来的系统错误，Jack一旦进入相应的空域，系统会自动关闭全部通信，直到引力传感器数值恢复正常。与之相应的，Ash系统的计时也会自动暂停，以避免不必要的复制。”她深吸一口气，注视着高云的眼睛，说道：“高云先生，一定要活着回来啊！”

高云用力地点点头。

黑洞已近在眼前。Ace的速度渐渐慢了下来，它的极限速度并不足以摆脱引力，因此穿越黑洞边缘的任务必须由高云一人完成。

“高云先生，一定要小心啊！”镧拉下操作杆，Ace的飞行轨迹渐渐偏离。

Jack对着远处的战友竖起了大拇指。

潜渊号上，方慧紧张地注视着监视器的主屏幕。Jack已消失在黑洞边缘，“提比略”的军团追击到引力强度的临界距离便停下了脚步。屏幕左下角闪烁着Jack进入黑洞边缘的计时，红色的数字显示已经过22分53秒。方慧再次查看了暂停的Ash系统计时，距离下次备份检测还有4分15秒。

时间缓慢地流逝着，就连一向沉着冷静的伊迪萨额头也淌下了汗滴。如果高云没能完成任务，“摘星行动”即刻宣告失败。

当上方的计时闪过26分51秒时，舰桥内响起沙沙的通信声：

“Jack呼叫母舰，Jack呼叫母舰！”高云透过量子纠缠态通信呼叫着，“我已通过强引力区域，重复一遍……”

“母舰收到！”方慧忙不迭地回复，“你的主观时间经过了多久？”

“8分33秒。”

方慧和伊迪萨相视一笑，高云近乎完美地控制了速度与航线。方慧继续解说道：“Ash系统即刻开启，5分30秒后你体内的纳米机器将发出信号，届时系统的计时会重置。请按照计划行动。”

“是。”

高云将音响的曲目调整为有着“小提琴圣经”之称《恰空舞曲》，琴弦上飞舞的大小调变换为疲惫的精神注入了活力。与此同时，他再次开启了Jack的预测系统。高云的大脑最多只能承受10分钟高强度的信息流，他必须在这短暂的时间内冲破敌军阻隔，跨越最后两万千米的空间距离。

飞舞的晶体军团化作视野中的几何点，高云沿着系统预测出的轨迹极速前进着。情感渐渐麻木，没有紧张，没有恐惧，甚至连深陷战场的兴奋感也荡然无存，高云感到自己成为Jack的一个零件，机械地执行着一个又一个的操作。他仿佛在现实与理性之间建立了一道屏障，自己不过是一名观众，在欣赏着另一人的表演。

就在这时，潜渊号的舰桥上响起刺耳的警报声。

“是敌人入侵吗？”方慧匆忙调出太空船内部监视器的画面，可看来看去也没有发现异样。警报依然没有解除，伊迪萨将核铳插在腰间，对方慧说：

“交给我吧，你继续指挥战斗！”

几十万千米的远方，高云疲惫地战斗着。预测系统折磨着高云的神经，猛然间，他眼前的景色骤变，深邃的太空化作鳞次栉比的高层建筑，如同列车一般向上方驶去。

高云猛然意识到，自己在下落。

猛然间，脚底传来地面的触感，耳边聒噪的风声化作隆隆的爆炸。一缕强光射入高云的瞳孔，他右手举着核铳，已不成人形的尸体散落在面前，地上一摊脓血。

高云感到一阵剧烈的头痛，眼前的画面飞速变换起来。岩石杯中褐色的威士忌。凌乱的床铺。微暖的肉体。敞开的飘窗。冰冷的金属墙壁。闪烁的红蓝光点。碰撞的冰块。整齐排列的符号。没有结果的等式。

高云猛地被拉回现实，他立即做出回避动作，一颗液滴在Jack身旁几厘米的位置擦肩而过。高云擦拭掉额头的汗滴，抬头看看，Paradox已近在眼前。

“混蛋，给我去死吧！”

Jack一只手拔出短刀，向着Paradox的地面砍了过去。高云将体积小了很多的黑色方块丢入兵刃开出的深坑中，“提比略”立即启动自我修复，将黑色方块埋在了身体中。

这根跨越了十万千米的碳纳米管，成为摧毁城池的特洛伊木马。

“报告舰桥，任务完成！”Jack贴着地表飞向高空，在它的身后，难以计数的液滴相互碰撞，碎作尘芥。

“很好！”方慧兴奋地下令道，“Queen，立即执行作战计划第二步！”

“收到！”

心镜很快便锁定了目标——那是一块在战斗中被破坏的失去自我意识、岩石般大小的超导体，悬浮在距离Queen几千米的宇宙空间中。在这块超导体上，埋着碳管的另一端。

经由十万千米的单臂纳米碳管，这块小小的超导体与行星尺度的母体相连了。

当两块超导体之间经由绝缘层相隔时，库伯对可以通过隧穿效应越过绝缘层，量子态彼此叠加，产生所谓的量子相干性。这是名为“约瑟夫森结”的物理结构，绝缘层的厚度需要很薄，通常要1纳米左右，然而纳米碳管的出现极大地拓展了约瑟夫森结的体积，两块超导体的库伯对甚至可以跨越十万千米的空间距离相干。

换言之，眼前这块小小的超导体上的库伯对，同远方的母体库伯对融为了一体，成为“提比略”的副本。这块儿超导体上的库伯对一旦被破坏，“提比略”也会崩溃。

想要摧毁行星尺度的敌人十分困难，即便不去破坏晶体，而仅仅是破坏其自我意识的载体，也能起到同样的效果。

通过高云的作战，人类将巨人的灵魂关进了瓶子。现在，只要通过特殊的方法干扰小型超导体上的库伯对，行星尺度巨人的灵魂便会被碾碎。

心镜飞速敲击着键盘，他必须调整电磁辐射的频率，使得超导体上的库伯对能够被全部破坏。几十万千米的远方，高云疲惫地闪避着金属大军的攻击，预测系统已无法继续工作，Jack每做出一次闪避动作，高云就感到自己距离地狱近了一步。

命运之刻悄然降临。在高云将第2347个敌人斩断的同时，六个敌人从不同的方向包围了他。与此同时，心镜已完成了程序的录入，Queen手中的脉冲激光枪放射出肉眼无法识别的电磁波，如同被灌注了沸水的蚁穴一般，超导体微观尺度下的库伯对开始躁动，通过几十万千米的纳米碳管，行星尺度的母体内也泛起了库伯对的波澜。

几个毫秒后，终结时刻来临。随着磁场达到临界值，原本紧密连接为库伯对的两个电子，从此分道扬镳——发生了“退相干”。尽管超导体的晶体学结构并没有被破坏，尽管宇宙空间的温度依然在临界温度以下，被破坏的库伯对却再也无法结合，晶体的超导性完全丧失。

与此同时，基于电子能级结构的“提比略”的意识也走到了尽头。高云身旁的晶体军团在一瞬间丧失了行动力，距离较远的液滴成了悬浮在星空的太空垃圾，重力圈内的敌军被母体的引力捕捉，向着地表跌落。

回到舰桥时，高云感觉到一阵久违的轻松。“提比略”的坍塌仍在继续，监视器中映出了行星外壳逐渐龟裂的画面，其震撼程度超过了任何电影特效。

“老高，干得漂亮！”心镜冷不防勒住高云的脖子，“真没想到，训练时吊儿郎当的你认真起来这么可怕。”

“心镜先生也很厉害啊！”方慧微笑着走了过来，“如果没有你出神入化的枪法，这两次作战都不会成功。”

心镜挺起胸脯，打趣道：“已经有两位皇帝倒在了我的枪下，给我一梭子弹，我将推翻整个王朝！”

众人说笑之际，一身紫色驾驶服的镧走了进来。她脱下头盔，左右摇摆着黑色的短发。高云猛然意识到，伊迪萨没有出现在舰桥上。

“伊迪萨去了哪里？”高云说出了疑问。

“她去船舱内排除警报……啊！”方慧吃了一惊，由于紧张的战斗，她已将此事完全抛在了脑后。

仿佛在回答众人的疑问一般，舰桥门再次开启，伊迪萨匆匆忙忙地跑了进来。

“发生了什么？”伊迪萨刚一进门便匆忙问道。看到舰桥上众人的样子，她猛然醒悟：“难道……战斗已结束了吗？”

大家方才明白，眼前的伊迪萨，是Ash系统复制后的产物。

气氛突然间紧张起来。方慧一言不发地冲到驾驶台前，飞快地敲击着键盘。几秒钟后，十几张视频画面排成整齐的阵列投影在众人面前，潜渊号舰船内的景象一览无遗。有四个窗口内并没有图像，沙沙的白噪点诉说着监视器被破坏的事实。

“是居住区，我们四个的房间。”高云很快便用排除法得出了答案。

“准备行动！”伊迪萨取出腰间的配枪，检查了弹药。为了避免对太空船造成破坏，除大威力的核铳外，战士们在船内的防御作战还会装配的老式手枪。这种枪的子弹尖端涂覆有致密的金刚石颗粒，其硬度足以贯穿敌人的金属躯体。

“稍等片刻。”方慧一面目不转睛地盯着监视器屏幕，一面伸手制止了伊迪萨，“也许有陷阱，我要将各个角落仔细检查一遍。”

“除去我们的活动区域，太空船上还有很大的空间吧？”高云问道，“敌人可不可能藏在那里？”

方慧的视线始终没有离开屏幕，语速极快地答道：“其余空间用来放置‘摘星’所需的四台大型阿克别瑞引擎。那里的环境与宇宙空间接近，有着极高的真空和接近绝对零度的低温。尽管晶体文明在宇宙空间依然能够存活，但那里与活动区域是隔离的，只要检查隔离阀便好。”

一旁帮不上忙的心镜叹了口气，伊迪萨面无表情地注视着监视器，尽管自己刚刚被杀，高云却读不出她的情绪有任何波动。

两分钟后，方慧给出了结果：活动区的隔离阀全部完好，大部分区域并未发现异常。“唯一的疑点来自这里，大家仔细看——”方慧的手指向电梯中的画面，她将镜头聚焦在地板的几个圆形的污点上。

“血迹？”高云看着暗红色的斑点，皱皱眉头。“能调查录像吗？”

方慧耸耸肩：“当然可以。不过如果我们再耽搁下去，真相恐怕要从眼皮底下溜走了。”

五人手持配枪冲向了居住区。行动前方慧关闭了电梯，这样一来即便敌人藏在监视器的死角，也不可能在调查期间袭击舰桥。到达目的地后，伊迪萨命令高云和心镜先去搜查各自的房间，剩余三人守住中心的交通要道。

“房门的密码锁可能被破解吗？”高云和心镜调查期间，伊迪萨问方慧。

“量子加密算法，不存在理论上破解的可能性，即便是拥有舰长权限的我也没有办法。”方慧答道，“但暴力破坏门锁却并不困难。”

伊迪萨将双臂挽在胸前，一面思索一面追问：“你对这次事件怎么看？会是外来的侵略者吗？”

“如果做出外来侵略者的假设，就不得不面对一个矛盾。”方慧扶住下颚，沉思道，“毫无疑问，你是我们中单兵作战能力最强的。既然对方有本事杀死你，为何不将我们赶紧杀绝？没道理吧！所以凶手一定是人类。自从离开布雷德星后，太空船一直在亚光速航行，几乎不存在从外部登船的可能性。所以……”

伊迪萨打断了方慧：“舰长，我有一个请求。”

“请讲。”

“刚才的推理，还是不要对大家说出比较好。目前的第一优先级，是完成‘摘星’。”

不一会儿，高云和心镜便赶了回来，报告房间内毫无异样。伊迪萨点点头：“接下来……”

“检查我的房间吧。”方慧抢先一步打开了房门。高云向门内望去，这还是他第一次看到方慧的房间：单人床上平整地铺着蓝白格相间的床单，一只企鹅玩具摆在床头。房间正中是宽敞的办公桌，各式资料整齐地码放着，电脑屏幕闪着微微的白光。

“各位请随意调查。”方慧微笑道，“电脑中是保密材料，以各位的权限并无权查看，还请注意。”

“不必了。”伊迪萨头也不回地转身离开。心镜看着方慧无奈地笑了笑，快步追了上去。

站在自己的房间门前，伊迪萨迟疑了片刻，飞速输入了长达13位的密码。房门推开的瞬间，众人不禁吃了一惊：房间内满是被破坏的痕迹，棉质被褥被烧焦了大半，露出熏黑的金属床板；办公桌和书柜碎做几块，散乱的杂物铺洒在地板上；墙壁上满是弹痕。众人冲入房间，伊迪萨一脚踹开卫生间的门，另一个她躺在湿漉漉的地板上，身边淌着几摊浓稠的血迹。

伊迪萨将另一个自己的尸体拖出卫生间，平放在地板上。她麻利地扯下尸体身上的衣服，露出的躯体遍布着训练和战斗留下的旧伤。方慧痛苦地捂住嘴，心镜沉默着摇摇头。

然而高云注意到的却是另一个细节：尸体没有外伤，从嘴角和鼻孔的血痕可以判断出，死者是内部器官大量出血，从而导致了死亡。

伊迪萨俯下身子，用手掌按压着尸体各处，感受着细微的变化。少顷，她取出匕首："舰长，麻烦你闭一下眼睛。"

还没等方慧来得及反应，伊迪萨的匕首便对准尸体胸口刺了下去。血液汩汩流出，伊迪萨将手掌深入尸体内部，到处摸索着。不消片刻，她便取出一枚手指大小的金属物体，即便带着浓浓的血滴，众人也立即识别出那是一颗子弹。

"子弹中的火药没有爆炸，尸体身上也没有发现弹痕。但这枚子弹卡在了主静脉中，毫无疑问是它导致了死亡。"伊迪萨冷静地陈述着，仿佛事不关己一般。她从尸体的腰间取下配枪，打开弹夹，将一梭子弹倒在地上。

"少了六枚……"熟悉枪械的心镜马上给出了结论。

高云问方慧，"可以进行化验吗？"

"船上没有准备专门的探案设备。如果借助红外显微镜，勉强可以检查枪械上的指纹吧。"方慧答道。

"喂，这也太奇怪了吧！"心镜忍不住叫了出来，"不开枪就将子弹打入体内，对方是魔术师吗？就算我们不去纠结这个神奇的手法，他的对手可是伊迪萨啊！你们认为伊迪萨一对一会输给谁吗？"

伊迪萨面无表情地站起身来："镧，可以拜托你处理一下吗？尸体丢去太空即可。"

"是。"

"等等……"

“闭嘴！”还没等心镜开口，伊迪萨便喝止了他。“结论显而易见，这个我是被晶体文明的侵入者杀死的。作战期间，高云、心镜和镧在宇宙空间，我和舰长在舰桥指挥作战，因此没有任何人有机会作案。我们没有必要相互怀疑，指纹检查更是毫无意义。”

“如果敌人是晶体文明，它现在藏在哪里？”高云问道，“隔离阀可是完好无损。”

伊迪萨注视着方慧，问道：“太空船的隔离阀能确保万无一失吗？”

“……只要对方是宏观物体。”方慧犹豫片刻，答道。

“那就是了。我们不清楚晶体文明的具体形态，如果对方以分散的原子潜入，再结合成宏观体积，一切都说得通了。”伊迪萨点点头，“另一个我在房间内找到了入侵者，在战斗过程中破坏了房间，最终因力量不敌牺牲。”

心镜不服气地问道：“那体内的子弹怎么解释？”

“它们可以结合成一颗行星，模仿人类的子弹完全是儿戏。”伊迪萨瞥了一眼染着血迹的子弹，“这是为了让我们相互怀疑而设置的圈套。总之，将我的尸体处理之后，需要对活动区域内部进行彻底的检查，敌人可能依然以微观形态潜藏。”她看了看心镜：“还有问题吗？”

“……没有了，我去帮忙处理尸体。”

此后，大量的工程机器人对太空船内部进行了夸张的维修和检查，隔离阀被加固到气体分子都无法通过，房间的每一个角落都进行了清理，甚至船舱内的空气都全部更换。心镜穿着太空服，同镧一起目送着伊迪萨的尸体飘向未知的虚无。

太空船的另一侧，黑洞以亘古不变的深邃黑暗注视着人类。

2i. 方慧的记忆之老兵

方慧恢复意识时，她再次回到了空无一人的剧场里。几束灯光打在暗红的幕布上，四周回荡着尖锐的噪音。

“欢……迎……回……来！”企鹅机器人摇摆着笨重的身躯从幕后走了出来，它扯着怪异的电子音：“怎么样？玩得愉快吗？”

“你到底是谁？”方慧站起身来，愤怒地问道。

“哈哈哈……”企鹅机器人挥舞着短小的四肢，“还是想不起吗？没关系！没关系！”它走到聚光灯下，陈旧的铁皮上带着锈迹，“我们继续看下去吧！”

幕布缓缓开启，方慧看到了漆成淡绿色的长椅、围成六边形的花池，以及鹅卵石铺筑的小路；不远处的摩天轮挂着锈迹，内部却打理得一丝不苟；旋转木马伴随着《星空》的旋律上上下下，即便没有人乘坐，也忠实地执行着每一道程序。方慧永远不会忘记这里。代替主管的位置后不久，她便被调往地球防卫军的研究总院。上级丢给她一个久攻不破的难题，那段时间里，每当心情烦闷，她便会来到这座冷清的小公园里散心。对她而言，这里的一草一木仿佛家一般温暖。

突然间，方慧发现自己坐在了摩天轮上。随着座舱的缓缓升高，星区斑斓的夜景尽收眼底。

几滴液体落在手背上，方慧匆忙擦拭脸颊，发现泪水正从眼中汩汩流出。

“你怎么哭了？”沉稳、沧桑的声音在耳边响起。方慧抬起头来，一位老兵正坐在她的对面，脸上陈旧的伤痕贯穿了左眼，泛黄的战术马甲上夹带着第23星区酸海的腥味。方慧是在一间酒吧邂逅这位老兵的，初见时的他就像一只远离了群落的孤狼，一个人窝在角落里独酌；如果不是酒保善意的提醒，方慧永远也想不到他就是那位光荣册中被反复提及的英雄。老兵并不喜欢攀谈，方慧用了些小手段，才打开了他的话匣子。

“我不喜欢你的故事。”方慧别开视线，“我讨厌它。”

“说来听听。”老兵的嘴角漾出一丝笑意。

“妻子分娩当天，你选择了前往莎莉塔彗星。结果妻子因难产大出血，险些引发羊水栓塞，女儿一出生便住进了急救仓。当你归来时，母女两人已经在鬼门关走了一趟。你为什么要这么做？”

“根据莎莉塔的运行轨迹计算，它远离恒星、适合开采的时间仅有13天。如果我放弃，人类需要再等上274年才能获得那些稀有元素。”老兵顿了顿，“因此，我将莎莉塔这个名字给了女儿。”

“妻子忍无可忍提出离婚时，你为什么没有挽留，而只是邮件回复了电子签名？”

“探险队遭到巨鲨的袭击，我的右臂被整个吞了进去。”老兵握了握皮肤颜色略有不同右手，“当时移植手术刚刚完成，这只手还不能用来写字。”

“那莎莉塔16岁生日那天来前线找你时，你为什么杀了她？”方慧站起身来，愤怒地直视着老兵。

“莎莉塔感染了前线星区的L3PN9病毒。”老兵不紧不慢地答道，“那是一种寄生在红沙中的纳米尺度生物，人体并不能针对这种病毒产生抗体，目前唯一能保证杀死它的方法就是高剂量核辐射。因此在病毒大面积扩散前，我选择了核铳。”

方慧一屁股瘫倒在座椅上，迷茫地望着星空：“为什么，能若无其事地做出这种事……”

老兵取出一只雪茄，看看方慧，又收回了衣兜。“人们认为我总能做出有利于更多人的选择，他们叫我英雄。”他说道，“但我只是胆小而已。妻子怀孕期间遭受过未知射线的辐射，医生预测顺利生产的概率不足20%。我不敢去面对，所以选择更加轻松的卫星勘测。我不想离开妻子，她提出离婚后，我闭上眼睛就能够看到她委屈流泪的样子。我无法面对她的痛苦，所以选择了更加轻松的逃避。感染L3PN9病毒后，人体会从内向外慢慢溃烂，最终成为病毒的培养皿。我无法面对莎莉塔痛苦的死亡，所以选择了叩响扳机。”

“这些都是出于自私喽？”方慧怒目而视，质问道。老兵耸耸肩，并没有回答。可方慧却突然理解了，那一刻她仿佛看到了弗洛伊德的冰山，水面下的部分，即便是本人也难以获知详细。

“你接近我，是为了套出地球防卫军高层的秘密吧。”老兵扭了扭脖子，“那些家伙中有不少是我的战友，还有一些曾是我的手下。宇宙将广袤的舞台赐予了人类，同时也提供了藏匿罪恶的泥沼，他们的双手都不干净。为了堵住我的嘴，他们无数次地邀请我加入，都被我拒绝了。想知道这是为什么吗？”

方慧思考片刻，皱眉道：“也是为了逃避吗？”

“真聪明。”老兵微微一笑，“他们选择了向内探索，人类的内部，而我选择了向外。面对非人的未知，我感到更加轻松。”他意味深长地看着方慧，“你不也是一样吗？你用尽手段向上爬，不只是为了能有更好的条件去探索科学的边疆吗？”

方慧没有回应。老兵将满是老茧的手搭在她的肩上：“跟我来吧，来看看外面的世界。”

老兵话音未落，四周的景象在刹那间定格，继而龟裂开来，如同破碎的玻璃一般四散剥落。方慧猛然间惊醒，老兵早已不见了踪影，她的四周遍布着从未见过的生物，空间中弥漫的危机感令她不寒而栗。

下一瞬间，敌人山呼海啸一般地蜂拥而至。身体自己行动了起来，方慧从未想到，她还能够做出如此行云流水一般的动作。耳边充斥着尖锐的嘶吼，方慧放弃了思考，她感受着魅影一般的厮杀，享受着死亡一次又一次地擦肩而过。突然间，身体感受到了血液在流动，暖暖的。方慧试着握紧右拳——她可以控制身体了。

兴奋，难以抑制的兴奋。方慧很难相信，这股野兽般的厮杀冲动源自自身。享受吧。陶醉吧。身体前所未有的轻盈，动作难以置信的麻利。多一点，再来多一点！

“丫头，该回来了！”

耳边突然响起老兵的声音。方慧方才发觉，自己已经一路厮杀到一面银灰色的巨墙面前。

刹那间，嘶吼声安静了下来，战场渐渐远去，方慧站在一家酒吧门前。昏黄的灯光暧昧地闪烁着，爵士乐手一首吹奏完毕，台下响起稀疏的掌声。方慧穿过嘈杂的人群，在孤零零的角落安静地坐下。

她知道，客人即将到访。

7. 潜伏者

当伊迪萨的尸体飘向太空时，高云在餐厅为自己调了一杯血腥玛丽，尽管太空船的食物储备中少了关键的柠檬，他还是毫不在乎地一饮而尽。难以抑制的疲惫感从骨缝散发出来，肌肉一阵阵酸痛。原本认为解决了问题，没承想新的问题接踵而至。

一小时前，高云查看了存储卡中的内容。

刚刚将存储卡插入电脑，视频播放器便弹了出来。从解析度低得可怜的画面，他看到一张简陋的木质餐桌，几盘简陋的菜肴，壁炉中的火光如同马赛克一般跳跃。

高云一眼便认出了画面中的地点。不可能忘记，这里就是他曾经的家，在一次袭击中化作废墟的“bell侦探事务所”。

一个男人端着牛奶锅走了过来，坐在桌前。男人的身材比高云瘦弱一些，那正是两年前，加入地球防卫军之前的他。沙沙的白噪音中传来门铃声，画面中的高云放下喝了一半的牛奶，走到房门前。他对着通信器说着什么，应当是在确认暗号。几分钟后，高云打开房门，访客走了进来……

那一刻，高云的呼吸近乎停滞。访客有着少年般的身材，见到高云，礼貌地鞠了一躬。画面中的高云将访客让进门，两人坐在餐桌前，短暂地交谈了什么。突然间，少年站起身来，拔出枪指向了高云。

高云立即点下暂停键，放大了模糊的画面。在少年的脸上，高云识别出了一副几乎遮住整个面容的全息眼罩。

高云的额头一阵刺痛，两年前的袭击者居然是镧？

以镧的战斗能力，甚至无法在倒下的钢筋面前自保，更遑论将高云逼至穷途末路。又或者视频中的访客并不是镧，而是其他外表雷同的机器人？它是方慧制作的机器大军中的一员，还是出自他人之手？

另一个问题，是谁放置了这张存储卡？

视频的内容对方慧和镧是不利的，她们可以首先排除。心镜先于高云返回太空船，伊迪萨始终留在船上，更衣室不是什么戒备森严的地方，他们都有充足的时间放置一张小小的存储卡。

视频内容本身也存在疑问。从拍摄角度高云判断出，数据来源正是他亲手安装的监视摄像头。解析度之所以设置得很低，是因为高解析度会让高云产生被窥视的不快感。

然而在那次袭击中，监视摄像头的数据存储已经被完全毁坏，高云想尽了办法，也没能将数据恢复。摄像头仅与事务所内的计算机连接，没有接入任何网络，对方是怎样搞到这个视频的？

一团乱麻，完全没有头绪。

高云将右手搭在额头上，不知第几次深深叹气。他甚至希望那些闪光的小人再次从眼睑跳跃出来，让新的指令带给他一些讯息。

不如去找那个人商量一下？

高云立即否定了自己的想法。王牌必须最后打出才有力量。

高云深吸一口气，将高脚杯扔在回收桶里。他想到了一个地方，能让自己的心绪安定下来。

伊迪萨站在机甲仓库的高处，凝视着Jack漆黑的装甲。光洁的涂装映照出她的面庞，隔着一层黑色的滤镜，伊迪萨觉得这张脸可爱了一些。

在两次同晶体文明的战斗中，方慧设计的机甲发挥了惊人的威力。那是一种压倒性的强大，伊迪萨被深深地吸引了，她体内的战士本能在躁动着。如果这份躁动也源自那个女人，伊迪萨反而想要感谢她。

有人走近，伊迪萨立即通过脚步声辨别出对方的身份。几秒后，她果然听到了高云有些惊讶的声音：“长官？你怎么会在这里？”

“房间的鼓风机太吵了，来到这里却发现更过分。”伊迪萨随意应付道，“你呢？不休息一下吗？”

“我想检查一下Jack的驾驶舱。”高云回应道，“尽管有Ash

系统，还是小心为上。”

“看来死一次的感觉并不舒服。”伊迪萨笑笑，迈开步子准备离开。高云转过身子注视着她，问道：“长官，你真的认为凶手是晶体文明吗？”

“这件事已经结束了，我已经说过，不想再讨论。”伊迪萨头也不回地答道。

“如果凶手藏在我们之中，就没有结束。”

伊迪萨取出电子香烟叼在嘴里，叹气道：“尽是些不听命令的下属。说吧，你有什么看法？”

“长官对阿西莫夫定律熟悉吗？”高云抛出一个不明所以的问题。

伊迪萨答道：“不比你们了解更多。”

“假设这样一个场景：我受了重伤，痛苦万分，却无法快速死去。我身边有一台人工智能机器人，它却没有能力救助我。这时我请求它杀了我，它会怎样做？”

“这么简单的问题我还是可以回答的。”伊迪萨答道，“至少军方采购的智能机器人全部选择了‘生命至上’的算法，‘自由意志至上’的算法不确定性太高，并不适合军方的应用场景。因此，它会严格遵循阿西莫夫第一定律，不会动手。这和凶手有什么关系吗？”

“我们把场景设计得再复杂一些。”高云自顾自说了下去，

"现在我们有了Ash系统。它只要杀死我，不久后另一个我就会被创造出来。在这种情况下，它又会怎么做？"

"你太高看我了。"伊迪萨叹口气，"这种问题还是去请教舰长更合适。"

"你不知道答案很正常，因为阿西莫夫定律在提出时不可能预设到Ash系统的出现。"高云转身看向Jack，"我想说的是，对于Ash系统这种新生事物，人工智能的制作者完全可以为其定义新的判定标准。例如，杀死拥有备份的人类，可以被判定为不构成伤害，只要不违背第二和第三定律便可以执行。"

"你在怀疑方慧吗？"

高云点点头："借助Ash系统这一新生概念，她可以绕过阿西莫夫第一定律的判定。因此，控制着潜渊号上所有智能机器人的方慧，实际是太空船上最强的人。有了机器人军团，实现怎样都犯罪手法都不成问题。虽然无法推测出方慧杀害的你的动机，但你的心思我却能猜明白。你将'摘星'放在了第一位，所以才选择了沉默，不是吗？"

"我原本认为，喜欢揣测我心思的只有心镜，没想到你也一样爱管闲事。"伊迪萨将电子香烟夹在手中，"很可惜，你的推理是错误的。"

伊迪萨打了个响指，一台工程机器人摇摆着身子走了过来。伊迪萨下令道："启用副舰长的管理员权限，杀死高云，立即动手！”

高云一惊，可伊迪萨话音未落，企鹅型机器便人发出两声刺耳的吱嘎，头部冒出一股浓烟，如同断线木偶一般倒了下去。

“方慧的权限高于我，却不会比阿西莫夫定律更高。并且无论她的目的为何，都不会选择如此低劣的做法。”伊迪萨收起电子香烟，“我想，你是通过动机认定了她是凶手，再反推出作案手段吧！”

高云点点头，伊迪萨仰视着Jack暗红色的瞳孔，好似在自言自语：“除了方慧，还有一个人有动机的。”

高云立即明白了伊迪萨指的是谁。犹豫再三后，他选择了沉默。

“爱与恨，只是同一感情的两面。有了Ash系统，人类可以尽情地去爱，同时去恨。”伊迪萨平淡地叙述着，仿佛事不关己一般，“在‘提比略’作战的后半段，心镜有很长一段时间都在待机。他完全可以穿上太空服返回潜渊号，犯案之后再返回驾驶舱，完成自己的不在场证明。”

“手段呢？”高云追问，“没有外伤却将子弹卡在了主静脉，他是怎样做到的？”

伊迪萨看看高云，冷笑道：“在你的推理中，方慧又是怎样做到的？”

“我想，太空船中一定有着能够进入人体的微型机器人吧。只要先让将对方杀害，再操作微型机器人携带子弹进入体内……”

“同样的事情心镜也可以做到。”伊迪萨注视着高云的瞳孔，“别忘了，他可是信息战的高手，黑进一两台机器人的系统，完全没有难度。”她拍拍高云的肩膀，“有一点你说对了，我确实是为了完成任务而选择了沉默。希望你不要让我的沉默白费。”

离开机甲仓库，伊迪萨来到了舰桥。推开舰桥的门，他看到方慧正仰躺在座椅中，双腿搭在驾驶台上，手中拿着一只汉堡。Paradox的全景投影在方慧面前的全息屏上，“提比略”已破碎为几大块，伊迪萨看到工蜂一般的工程机器人正在“提比略”表面忙碌着，画面中不时闪过几道火光。

“伊迪萨？你已经休息好了吗？”方慧一面啃着汉堡一面打了招呼，“战士的体魄果然不同凡响啊！”

“也许是太疲惫了，反而睡不着。”伊迪萨看看屏幕中的画面，“你也很累了吧，不去休息吗？”

“这样就好。”方慧吞下最后一口汉堡，将纸袋揉成一团丢掉。“清理‘提比略’还需要一段时间，我们都可以好好休息。”

伊迪萨皱皱眉：“‘提比略’不是已经死了吗？”

“失去自我意识后，行星尺度的球壳无法通过控制微观的缺陷和位错，来维持其宏观结构的力学稳定性。”方慧解释道，“目前‘提比略’碎裂成12块碎片，但这些碎片依然留在原来的位置，在引力的作用下与Paradox一同围绕黑洞公转。它们的存在，对于阿克别瑞引擎的安装是一大障碍。”

伊迪萨沉思片刻，问道：“就这么放着不管的话，它们终有一天会被Paradox的引力吸引落下去吧！”

方慧笑笑：“没错。碎片之间会随机碰撞，碎裂，最终因为速度的改变，要么被抛向外太空，要么被引力捕捉。但如果令这个过程自然发生的话，保守估计需要三年。更重要的是，这些碎片的坠落会极大地改变Paradox的自然环境，原本这里稍加改造，就可以供人类居住的。”

“所以我们需要把这个鸡蛋壳剥下来喽？”

“哈哈，精准的比喻。”方慧被逗乐了，“我们需要在Paradox公转速度的方向上打开一个‘盖子’，再通过定向爆破改变其他碎片与Paradox的相对速度，借助公转，Paradox就可以破壳而出了。”

“好庞大的工程。”伊迪萨感慨道。

方慧摆摆手指：“也许你无法相信，‘提比略’的平均厚度只有82厘米！加上Paradox的公转速度远高于地球，48小时内就可以完成‘剥壳’。”

方慧的智慧再一次令伊迪萨震惊。她注视着方慧的侧脸，轻轻叹口气，问道：“晶体文明还会再次袭击吗？”

“我想会吧。”

“你猜下一位‘皇帝’会是什么样子？”

“我在想，尽管杀死你的凶手不是晶体文明，但说不定，它们真的以微观形态潜伏在我们的船上。”方慧站起身来舒展身体，“我们没有受到攻击，只能证明它做不到。如果是微观尺度的敌人，大概从会破坏计算机的电路系统下手吧。想要对我们四两拨千斤，这是最有效的方法。”

伊迪萨笑笑，她并不想承认，自己的灵魂正在渴求着同方慧再次并肩作战。

机甲仓库中回荡着低沉的轰鸣声，几台大型鼓风机还在继续着气体的更换。镧走出房间，向着仓库另一角的射击训练房走去。渐渐的，她已能够在鼓风机的背景音中识别出枪声，她要找的人就在那里。

镧推开房门时，心镜刚刚打完了一局飞碟射击训练。训练房内的照明自动亮了起来，头顶上的LED屏显示出“45/45”的成绩。镧一言不发地走到心镜身边，拍下按钮，双手持枪面向前方。几道亮光闪过，镧匆忙地连续扣下扳机，后坐力震得她一个踉跄。她匆忙挺直身子，坚持射完了全部弹药。头顶上显示出10秒倒计时，心镜猛地举起枪，对着黑暗射出一发子弹，远处传来清脆的飞碟碎裂声。

“果然还是不行。”镧抬头看了看“1/45”的成绩，“无论怎样进行算法的优化，机体硬件的极限依然无法突破。”

“方慧为什么把你设计成这个样子？”心镜上下打量着镧，好奇地问道。

“慧慧总共设计了63台机器人，我是为处理数据和精密操作特别优化的。为了能够辅助慧慧更好地控制太空船和Ace，我的其他功能全部被弱化了。”

“战斗能力与精密控制……它们在设计上是矛盾的吗？”心镜追问。

“并非如此。只突出一项特长是慧慧的设计理念。”

心镜耸耸肩：“飞碟射击不适合初学者，下次可以试试固定靶。”

“晶体文明在宇宙中的飞行速度可以达到几十到上百倍音速，是飞碟速度的几千倍。”镧面无表情地陈述着，“然而心镜先生依然能够命中，实在是了不起。”

心镜在一瞬间领悟到，对方的来意并不单纯。镧转过身来，尽管隔着厚重的全息面罩，心镜还是感受到了对方凌厉的眼神。

“以这样的速度飞行，即便只有子弹般大小，其巨大的动量对人体也是致命的。所以它们完全没有理由化作一枚子弹去卡住主静脉，如果太空船内真的潜入了这样一个敌人，它可以轻而易举地将我们全部置于死地。”

“你想说，伊迪萨的推理是错误的吗？”心镜冷淡地反问。

“这并非推测，而是基于证据的严密推理。”镧继续说道，

“我调取了所有的监控录像，从某一时间点开始，太空船上有近一半的摄像机被依次破坏。之后工程机器人自动修复了大部分，由于没有权限进入客房，所以我们发现时只有那里的摄像机是损坏的。

“根据时间判断，正是摄像机的损坏导致了太空船内的警报。由于修复需要一定的时间，当负二层的摄像机被第一个修复时，复制出的伊迪萨已经离开了实验室。所以，监控录像里没有留下任何有价值的情报。但正是因此，才能够排除凶手来自晶体文明的可能性。

“我们对晶体文明知之甚少，同样，它们也不可能精准掌握人类文明的科技。凶手的行动，完美地隐匿了自己的行踪，晶体文明可能做到这种程度吗？退一步讲，即便它们掌握了人类文明的科技树，洞悉了人类的想法，那为何不去破坏更有价值的阿克别瑞引擎或者Ash系统呢？”

“你是说，凶手在我们之中喽？”心镜注视着镧，少顷，他投降般地叹了口气，“尽管难以接受，但只剩下这种可能性了吧！”

镧并没有对心镜的情绪做出回应，继续推理道：

“范围锁定为人类后，便可以通过排除法锁定犯人。高云先生从头到尾执行了作战，慧慧始终没有离开舰桥半步，所以他们二人的不在场证明是充足的。心镜先生你并未直接参与‘提比略’作战的后半段，从时间上计算，如果你穿着太空服离开驾驶舱，返回潜渊号杀死伊迪萨，再折返回Queen，时间也是足够的。”

“照这样说，你也难逃嫌疑吧！”心镜反击道，“尽管你护送高云到了黑洞边缘，但返回太空船的时间还是有的。又或者，你根本不用返回太空船，操作那些机械企鹅就可以行凶了吧！”

“阿西莫夫定律并不允许我这样做。”镧平静地答道，“那些没有自我意识的工程机器人，如果被控制做出杀人行为，系统会发出指令自我烧毁。”

心镜叹气道：“这么说来，你还是在怀疑我吧！”

镧摇摇头：“凶手不是心镜先生。摄像机被破坏的顺序是实验室、电梯、机甲仓库、餐厅和四间客房，而如果你驾驶Queen返回，入口会在机甲仓库。这样一来，机甲仓库的摄像机就应当能够拍到你，可监控录像中却没有记录下你的踪迹。因此，你并没有回过太空船。”

“那就没有人是凶手了，你在自相矛盾吧。”心镜突然领悟了什么，“啊，难道你想说……”

“是的，凶手就是伊迪萨本人。”

镧用依旧平静的语气，给出了惊人的结论。

“从摄像机被破坏的顺序，可以画出凶手的行动路线。他从实验室出发，一路来到客房。摄像机并没有记录下有人进入实验室的画面，却有人从实验室走了出来。唯一的可能性，便是在战斗期间，Ash系统启动了，创造了一个人出来。”

心镜感到一阵恶寒窜过脊髓，额头淌下几滴汗。

“想要被复制，原体必须死亡。始终在指挥战斗的慧慧首先排除，我们三人在机体的驾驶舱内，死人是不可能驾驶机体返航的。唯一有机会的通过自杀复制的，便是中途离开了舰桥的伊迪萨。”

“伊迪萨的计划是这样的：首先预留下某种能够触发警报的因素，对于特种兵队长，这并不困难。警报出发后，她借机离开舰桥，在没有监控的地方——例如自己的房间，迎接死亡。之后Ash系统启动，复制出的她破坏沿途的摄像机，再悄无声息地处理掉尸体。然而她失算了，为了帮助高云先生执行潜入作战，Ash系统曾被短暂的关闭，于是她必须等到Ash系统再次开启。这样一来伊迪萨就没有了充足的时间处理尸体，为了赶在大家返航前完成工作，不得不选择了伪造他杀现场这种下策。”

“没有伤口，子弹却在体内，你怎样解释这种魔术般的杀人手法？”

“什么都不需要做，因为伊迪萨甚至不是自杀，她是自然死亡的。”镧立即给出了解释，“而那颗子弹，则是很久之前便留在体内的旧伤。它压根就不在主静脉，解剖尸体的是伊迪萨，这些全部是她的一面之词。这同样可以解释伊迪萨的动机——她需要借助Ash系统，延长寿命。”

心镜皱皱眉：“延长寿命？”

“这同样是Ash系统的一种应用。例如你的生命只剩十天，即便过了九天，只需启动Ash系统，被复制出的你便又拥有了十天的寿命。将这九天来的重要情报告知被复制出的个体，他就可以代替本体继续行动。”

心镜勉强挤出一个笑容：“伊迪萨的强壮我和老高可是一清二楚，她总不可能有什么绝症吧！”

“正是因为她的强壮，才能完美地隐藏身体的状况，难道不是吗？”

“动机！伊迪萨这样做的动机是什么？”心镜几乎大声喊了出来，“她完全可以开诚布公，光明正大地去死吧！伪造事故现场，这是会动摇军心的，她没理由这么做吧！”

“确实，从指挥官的身份出发，她不应当做出这种事情。她之所以这么做，是为了隐瞒另一件事情。”

心镜在一瞬间没了底气。镧的推理，完美地击中了他最担心、也是最不愿面对的那个事实。

“命不久矣，却可以担任特种部队的指挥官，只有一种特殊情况，能够得到军方的应允。”镧刻意放慢了语速：“唯一的解释，伊迪萨是个克隆人，而且基因带有先天的缺陷。克隆人的身份是伊迪萨最痛恨的，为了隐瞒这件事，她不惜动摇军心。”

见心镜默不作声，镧继续攻击道：“心镜先生借走X光机，根本不是为了检查什么旧伤，而是为了调查伊迪萨吧！你早就在怀疑伊迪萨是克隆人，你想到的测试手段，便是通过X光片检查骨龄。如果伊迪萨的实际年龄与外表不符，那就证实了你的猜测。为伊迪萨进行太空葬时，我刻意给你留出了充足的时间。结果如何？应当验证了你的猜测吧？”

心镜低着头沉默不语。少顷，他抬起头来：“18岁。外表至少35岁的伊迪萨，实际年龄只有18岁。比我还年轻，她怎么可能是姐姐呢？”

就在这时，心镜做出了令镧措手不及的举动……

“虽然无从得知，但我也能隐约感觉到，上层应当下达了对方慧不利的指令，所以你才会来拉拢我吧！但这些对我而言都是无所谓的事情，我参加这种行动，唯一的目的就是获取姐姐的情报。”心镜举起枪，对准自己的太阳穴，“想必你们也调查过我的事情吧！阿西莫夫第一定律，机器人不得无视对人类的伤害。告诉我，姐姐到底在哪里？她是不是还活着？”

“……她还活着，可惜的是，我们并不知道她在哪里。”镧答道，“三年前，她离开了地球防卫军，上层曾花大力气寻找，却一无所获。我们掌握的唯一情报，是一年前地球的某次大型庆典上，有人瞥见了她的身影。”

心镜的手指渐渐离开扳机，镧继续说道：“心镜先生，你的姐姐还活着，她还在等着你。慧慧需要你的帮助，我们一起活着回银河系吧！”

枪械掉在地上，发出清脆的声响。心镜突然发现，泪水已不知何时流淌了下来。

8. 卡里古拉的袭击

全息屏中映出机甲仓库中的景象，站在高处总能给人一种掌控全局的错觉，也难怪古代帝王们热衷于修筑不切实际的高大建筑。高云来到这里自然不是为了整备机体，按照伊迪萨说法，Jack的预测系统能够将驾驶员的大脑同计算机相连，从而极大地提高驾驶员的反应能力。

如果将这种能力用于思考，会否找到新的突破口呢？

前两次使用预测系统时，高云都看到了诡异的幻觉。那种感觉并不舒服，但此刻高云别无选择了。

系统发出尖锐的提示音，刹那间，世界再次变成黑白色。忙碌的工程机器人如同被封入琥珀的昆虫般一动不动，伊迪萨维持着迈步的姿势，好似一尊蜡像。

高云深吸一口气，将精神集中于一点。

来了！

无数的影像如同高速列车一般在身旁驶过。陌生的校园。老旧的教学楼。不规则的几何形状。逼仄的空间。急促的喘息。干涩的沙风。引擎的轰鸣。撕碎的信纸。床单的污渍。发热的枪筒。飞舞的代码。哭泣的孩子。坏掉的玩偶。破碎的镜面。扭曲的涂鸦。火光。枪声。争吵。辩论。欢呼。冷漠。黑暗。下落。下落。下落。

黑暗骤然散去，高云来到一间昏黄的酒吧。人偶般的酒保摇晃着雪克杯，吧台前只有一位顾客，穿着浅灰色的皮质风衣，一双警靴擦得锃亮。

高云坐在那个人的身边，对酒保说：

“一杯血腥玛丽，多放一片柠檬。”

酒保点点头，高云身边的顾客放下酒杯，叹气道：“我说过多少次，这玩意儿的味道就像蔬菜汁。”

“我也说过多少次，皮衣的品位很差。”高云回应。

双方陷入默契的沉默。少顷，那个人转过头来看着高云，说道：“这么讲也许有些奇怪……好久不见。”

高云端着杯子的手微微一抖，尽管拼命压制着喷涌而出的情感，他还是忍不住与那个人目光对视。那是一张缺乏细微表情的硅胶面孔，人工智能早期的仿生皮肤材料偏硬，高云几次三番建议她换掉，可她认为这样的面容天然带着高冷范儿，坚持用到了最后一刻。

她的机能停止的那一刻。

即便粉身碎骨，高云也不愿意在这个人的面前表现出脆弱的样子。他握紧杯子，挤出一个笑容：

“好久不见，钟铃。”

“现在是什么情况呢？”钟铃抬起手臂，前后端详着黑色的皮手套，“我明明已经死了，却还能和你相见。”

“我想，这也是幻觉的一部分吧。”

“幻觉吗……”钟铃笑笑，“没错，此时此地的‘我’并非真实的我，而是你根据自己的记忆虚构出来的人格。有些记忆存在于浅层意识之中，例如人身上的味道，说话时的小动作，习惯的语调，除非打破理性的藩篱，不可能被唤醒。所以，这里的我确实是你的幻觉，或是梦境。”

高云点点头：“听你说完，我更加确信了。”

“为什么？”

“真实的你，从来没有这样耐心地为我讲解过任何事。”

又是一段时间默契的沉默。钟铃将杯中物一饮而尽，问道：“遇到麻烦了？”

“钟铃，我……”高云刚要打开话匣子，却被钟铃粗暴地打断：“笨蛋，既然我来自你的记忆，你发生了什么，我自然清楚。”

高云皱皱眉：“那你还问？”

“因为你希望我问。”

酒保呈上血腥玛丽，高云端起酒杯看看，又放到一旁：“遇上这种一团乱麻的情形，你会怎么办？”

“我怎么知道。我办砸的案子数不胜数。”

“真的？”

“你认为这是真相，所以我就这样说了。”钟铃直直身子，“方案谈不上，但我可以说说经验。”高云默默地听着，钟铃取过他手边的血腥玛丽，品上一口：“知道我为什么喜欢泡酒吧吗？明明喝酒只是为了模仿人类而设计的花瓶功能。”

高云摇摇头：“我问过很多次，你从未告诉我。”

“当酒精流入体内时，我的头脑会生成无数被逻辑过程舍弃的算法。我陶醉于这样的感觉，我认为这就是迷醉。遵循着迷醉的指引，我可以做出许多平时无法做出的判断。”钟铃用酒杯抵住高云的额头，“我的经验就是，在情感面前，理性与逻辑一文不值。”

“这些也是我希望你说的吗？”

钟铃笑笑，没有回应。突然间，时间变得如同果冻一般黏稠，世界刹那间染上无垢的银白色，高云发觉自己正瘫坐在一片废墟中，血腥玛丽化作一道鲜血，自额头流淌而下。

少年揪住头发将高云拎起来，他头上的光学迷彩已被划破，高云看到了视频中的全息眼罩。他强撑着睁开眼睛，将注意力集中在少年的眼罩上。

时间再次停滞，无数的画面如同倒带一般回溯，火焰熄灭，瓦砾汇集，高云再次站在了被破坏前的事务所内。警报响了起来，当高云打开监视器时，对方已突破事务所最后一道防线，防御系统如同玩笑一般被轻易攻破。高云匆忙取出武器，可随之而来的却是火光冲天的连环爆破。他破窗而逃，可还是被爆炸的余波掀飞，重重摔在地上。

不对，想要寻找的东西并不在这里。

画面再次定格，高云逆着时流奋力奔跑着。很快地，他撞上了透明的墙壁。那天高云在事务所中醒来，发现自己记不起刚刚做了什么，记不起吃过的早饭，甚至记不起自己去过哪里、又是怎样回到事务所的。他记忆中的最后一帧画面，定格在三天前的餐桌旁。

高云没有放弃，这是他第一次距离真相如此之近。他用手指撕扯着墙壁，将身体奋力挤入狭小的缝隙中。呼吸变得困难，皮肤传来灼烧般的疼痛，高云渐渐丧失了自我意识，分辨不出自己的手、自己的头、自己的眼。但他依然前进着，如同岩壁中顽强生长的草木。猛然间，前方明亮了起来，高云坐在了三天前的饭桌旁。

门铃声响了起来。高云走到门前，对着对讲机问了什么。

等等。高云回想起，那天自己发现丢失了三天的记忆，之后便遭遇了突袭。对方没有按响门铃，更没有进入事务所。如此看来，视频中的影像，只可能发生在高云丢失记忆的三天之间。

如果被对方用枪指着，高云不可能不做出反抗。然而三天后的事务所却是完好无损，高云的身上也没有伤。从另一个角度讲，既然对方知道了进入事务所的暗号，就证明高云调查过对方的来意。他一向很小心，不可能将可怕的敌人放进来。

高云的心脏猛烈地跳动着，所有的线索都指向了一个答案，那个他认为荒谬至极的答案。场景再次飞快闪烁，高云回到了事务所的废墟中。他再次睁开眼睛时，袭击者已无影无踪。

那时的自己，做了什么？

身体自己动了起来。肌肉针扎般的疼痛，但高云还是挣扎着站了起来，在废墟中奋力寻找着。大概是当时的意识依然模糊吧，这段记忆还是高云第一次回想起。

为什么不去疗伤，不设法逃跑，却要在瓦砾中翻找？

在情感面前，理性与逻辑一文不值。

原来如此，自己居然忘记了如此简单的事情。高云躺倒在废墟中，尽管身体依然痛得如果受过拷打一般，他却感到前所未有的轻松。所有的线索连成了一条线，剩下的，只是寻找决定性的证据。

钟铃自废墟的阴影中走了出来，问道："找到了？"

高云用微笑回答了她。

"看来这里没有我什么事情了。"钟铃正正衣领，"有人来了，去迎接吧！"

半空闪过一道白光，钟铃的身影如同雾霭般消散。光亮渐渐炫目起来，高云不由得举起手臂遮挡。

他看到，一个女人自炫白的光芒中走来。

48小时后，Paradox甩掉了"提比略"的最后一块残骸。从太空望去，行星的外表遍布着沙漠般的土黄，很难找到液态水痕迹。

Jack护送着小型工程作业船向着Paradox真正的地表缓缓落下。球壳之下的地表被稀薄的大气层包围着，久经训练的特种兵可以勉强呼吸，普通人则需要佩戴氧气面罩。地表尽是黄褐色的岩层，风沙敲打着低矮的山丘，完全看不到生命的迹象。

为了顺利地安装阿克别瑞引擎，方慧将队伍进行了分工：高云、镧和伊迪萨负责第一台引擎的安装，她和心镜留在太空驻守。

大型钻头扬起阵阵尘土，轰鸣着探向地表深处。方慧飞速敲击着全息键盘，将地表的岩层分布投影在众人面前："Paradox是一颗小型戴森球，我们需要将阿克别瑞引安装在球壳的内侧。根据遥感数据，此处地表只有20千米的厚度，很容易便可以钻透。智能机器人可以完成全部安装工作，但保险起见，还需要人下去监视。"她打开了高云的通讯窗口，"按照计划，这项任务由高云先生和镧执行，伊迪萨负责在地面接应。没问题吧？"

"交给我们吧。"伊迪萨麻利地答道。

高云与镧一同跟随着升降台向地心降下。特种兵的战斗服本身便具有隔绝极端温度和防辐射的功能，只需戴上特制的头罩，便可自由行动。没有人知道戴森球内部的"遗迹"会是什么样子，根据探险队仅存的记载，那里是与现实隔绝的幻境。深度指示计缓缓上升到7千米，尽管防辐射服保温性能良好，高云还是感到一丝寒意。几分钟后，正下方射出一道淡蓝色的光，打在镧的全息眼罩上，泛出七彩的光晕。

根据高云的推理，两年前袭击事务所的凶手正是镧。

不久前高云收到了最后一条指令。这条指令并不是通过在眼睑映射跳舞小人的方式发送的，而是用化学药水写在了床铺上。

为什么？

袭击者与高云之间的通信，是通过高云体内的量子纠缠态设备实现的。根据方慧的解释，如果体内同时存在多台量子纠缠态通信设备，则可能彼此干扰。对方希望传递信息，又不希望Ash系统的通信器被干扰，便放弃了原来的方法。这证明，袭击者对太空船上的情况了若指掌，他一定在船上。

镧也许隐藏了真实的战斗能力，但这样依然无法说明她为何能够轻而易举突破防线，还消除了高云三天的记忆。唯一的解释是，镧得到了某个人的帮助。

如果真的是那个人，他一定会留下线索。受伤后的高云拼命寻找的，就是那个线索。拼图只剩下最后一块，现在是绝好的机会。高云抬头看看，工程机器人已差不多完成了引擎的安装，镧始终一言不发，注视着工程的进行。

“高云先生，你看这深渊中的光辉，多么奇妙的美景啊！”还没等高云组织好语言，镧却抢先开口了。高云望着脚下高速变换的色彩与几何形状，回应道：“是啊……不过这到底是什么？”

“你了解高维空间的超立方体吗？”

高云摇头，镧继续说道："例如，四维立方体应当有16个顶点，每一个顶点都与周围的四个顶点相连，并且这四条线段在四维空间彼此垂直。当四维超立方体经过三维空间时，便会投影出两个彼此嵌套的多面体，它们的大小、形状和相对位置都会随着投影角度的改变而不停变化。如果是更高维的物体，例如十维空间超立方体，投影形状就会变得极其复杂，只能通过数学工具和计算机来模拟。"

"Paradox的内部是几维空间呢？"高云提出了对外行而言理所当然的问题。

"无法计算。我想，即便是葛立恒数，甚至无穷，都是可能的。"镧笑笑，这还是高云第一次读到镧的情绪。"在这里，说不定真的隐藏着某个无穷的平行宇宙呢！那里空间和时间都是无穷的，无穷公理天然是真命题。"

"那变幻的色彩又是什么？"高云没有理会专家口中的生僻词汇，问出了自己更加关心的问题。

"大概是高维空间电磁波吧。在高维空间稳定的电磁波，投影在三维宇宙频率却并不恒定，想必是受到了三维宇宙光速不变原理的限制。"

在斑斓的光彩中，镧转身面对高云，将全息眼罩调至透明。那是一张与方慧十分相似的脸，少了一分机敏与锐气，却多了一分平静与深邃。高云被那双漆黑的瞳孔吸引了，镧却突然问道：

“高云先生，你在为shadow工作吧？”

“‘提比略’之战后，我检查过Ash系统的记录，你的复制时间要比标准设置慢上3分钟。这是个远超误差允许范围的数值，唯一的解释是，你的体内有其他的量子通信设备。这里与银河系相距九千万光年，我想，这就是你和shadow保持通信的手段。”

Shadow是谁？镧并不知道自己体内的通信装置吗？明明只剩下了拼图的最后一块，难道一切又要推翻重来吗？

可镧并没有给高云更多的时间思考：“暗杀慧慧是黑川司令的指令，因为慧慧得到了她本不该得到的东西。然而黑川并不急于动手，一直在暗中推动此事的，就是shadow。”镧没有理会高云的惊讶，自顾自说了下去。“我们之所以始终没有反抗、没有逃跑，就是在等待这次机会。慧慧认为，她的归宿在这里。”

“这里？”惊讶中的高云只得挤出这个问题。

“在‘摘星行动’完成时，我和慧慧会进入paradox，在那里生活，并最终死在这里。但在此之前，慧慧还是希望能将这个星星送给人类。”镧的双眼平静得仿佛冰原，“高云先生，我希望你协助慧慧完成这最后的心愿，同时转告shadow：我们会如她所愿地消失，从此两不相欠。”

高云突然看到，镧的脸上闪过惊慌的神情，她猛地向自己跑来，不顾一切地将他推向一旁……

下一秒钟，一支明晃晃的利刃贯穿了镧的胸膛。刀身上映出高云茫然的神情，那并非源自恐惧，而是得知真相后的惊讶。

最后一片拼图，找到了。

镧的尸体缓缓倒下，落入深渊的迷幻。高云立即拔出核铳，对着镧的身后叩响扳机。核铳喷射出炽热的等离子体，高云眼前一闪，坑道中回响起硬物碎裂的声音。待他的视野再次清晰时，看到难以计数的晶体碎屑在绚烂的光影中浮游，宛若漫天飞舞的银色花瓣。碎屑渐渐向着一处汇集，掀起一阵涡旋的风暴，风暴中心的晶体渐渐汇做人形，几秒钟后，一位周身闪烁着银光、身体表面如棱镜般光洁规整的人形晶体悬浮在半空，碎屑在右臂处结晶成一把利刃。

“看样子，‘卡里古拉’来迎接我们了。”通信器重响起方慧的声音，“第一台阿克别瑞引擎已完成安装，先想办法离开坑道，伊迪萨会在地面接应！”

“抱歉，镧她……”高云一面回应，一面将核铳挺在胸前。

“没关系，Ash系统很快就会将她复活。”

方慧话音未落，僵持的局面便被打破了。高云只觉得脚下一晃，伴随着一声闷响，升降台猛地向一侧倾斜下去。两枚锋利地晶片化作飞舞的刀刃，切断了悬挂升降台的两条缆绳。缆绳由高强度碳纤维制成，能够将其切断，想必晶片表面也结晶了金刚石的涂层。

高云放稳重心，脚下用力，将歪斜的升降台如同秋千一般荡了起来。升降台厚重的强化钢板向着“卡里古拉”砸了过去，高云在心中默数着，在数到“3”时猛地侧身，敌人的利刃刺穿了钢板，在他身旁几个厘米的位置划过。高云将升降台和“卡里古拉”作为垫脚石，屈膝向上一跃，又在空中回身补上了几发核铳。等离子体在坑道内掀起一股热浪，高云伸直手臂抓住悬在半空的缆绳，借助回收的绳索悬吊在坑道中。

“解决了吗？”看不到战况的方慧急切地问道。

“我想没有这么简单。”

高云话音未落，无数的银色碎屑自脚下飞舞而上，并迅速在空中汇集。高云对着碎屑军团开了几枪，却被对方敏捷地闪过。眼看核铳能量即将告罄，高云啐了一口，骂道：“妈的，这鬼东西打不死还会飞，这不是违背了那个什么第二定律吗？”

“它可以控制原子的无规则热运动，使其具有统一的速度。这个过程所需的负熵是从周围环境借来的，因此并不会违背热力学第二定律。”方慧快速解说着，“至于再生能力，恐怕在宇宙的某处存在着另一个‘它’，二者通过量子纠缠彼此连接，只要另一方不被破坏，它就可以再生。”

高云骂了一句，他将核铳收回腰间，拔出战术短刀：“还有没有别的方法可以干掉它？”

“退相干。”方慧再次丢出这个物理学名词，“高温、强电场、强磁场都有可能有效，只是……”

“怎么？”高云按下刀柄的按钮，刀身立即想两侧和前方扩展开来，组成一把薄如纸片却足够强韧的大剑。

“我们并不知道需要多么极端的条件，至少目前你证明了，上千度的等离子体做不到。”

高云舞起大剑，松开缆绳，借着重力向“卡里古拉”劈砍过去。剑刃砍在对手身上，高云感到手腕一阵酥麻，刀锋却只刺入了对方身体几个毫米。高云对准“卡里古拉”的腹部踢出一脚，借助反冲力向一侧跃去。他将大剑插入坑道的侧壁，双脚站在剑身上。在与对方近距离接触的两个回合中，高云感到面对的仿佛是一块磐石。

“卡里古拉”在视野中消失了。高云立即凭借直觉俯下身子，下一秒钟，利刃刺入了身后的坑壁，飞散的石块砸在高云的后背上。高云攀住“卡里古拉”的身体，一个翻滚来到上方，又将核铳抵在对方后背上……

炽热的等离子体吞噬了“卡里古拉”的身体。借着空气中掀起的热浪，高云顺利地抓住了坑道另一侧的缆绳。他将核铳最后的能量射在脚下的坑壁上，几块巨石落下，封锁住了敌人的追击路线。

9. 无剑之剑

爬出坑道时，高云已疲惫不堪。他扯下笨重的头盔丢在地上，汗水已将战斗服的内侧浸湿了大半。

“干得不错，照这个样子继续安装三台引擎，‘摘星行动’就进入尾声了。”伊迪萨递来一瓶水。高云灌下几口后，将剩余的半瓶浇在头上。

“不，还没有结束。”高云撑起身子，几乎在同一时刻，坑道内喷射出一股热浪，一只周身闪烁着红色光芒、身躯如同熔岩一般的人形怪物缓缓升了上来。熔融态物质在怪物的右手处汇集成一柄流动的巨刃，刀身上翻滚着黏稠的波纹。方才的攻击已破坏了“卡里古拉”的晶格结构，然而构成它身体的原子却以熔融态的形式再次汇集。

“卡里古拉”的身体内分裂出几颗赤红的液滴，渐渐化作飞镖的形态。高云握紧手中的大剑，用力咬着嘴唇。液态金属或半导体有着上千度的高温，他手中的兵刃并不足以挡下这一击。

熔岩飞镖描绘出几条凌乱的折线，呼啸着向高云飞来。在千钧一发的瞬间，高云看到一个矫健的身影冲到了他的前方，伊迪萨对着一枚熔岩飞镖轻轻一拨，飞镖立刻偏离了轨迹，深深插入脚下的岩层中。第二枚飞镖袭来，伊迪萨靠双手造出的风压从两侧将其牢牢裹住，以右脚为根画出一个圆。敌方的兵器被她折返了回去，将近在眼前的第三枚飞镖击落。

伊迪萨抖抖手，再次握紧双拳。她的战斗服和战术手套上镀有钽–铪–碳固溶体涂层，能够承受四千度以上的高温，加之伊迪萨的拳术几乎不会与对方直接接触，面对熔融态的敌人也能处之泰然。伊迪萨回头瞪了高云一眼："快去发动Jack！"

高云跳入运输车，向着停留在不远处的Jack驶去。"卡里古拉"迈着沉重的步子向伊迪萨走来，每一步都在岩石地面上留下了烧灼的足迹。伊迪萨将双臂挺在面前，面带微笑地对着炽热的熔岩自言自语道："好久不见。"这是伊迪萨战斗前惯有的行为，在她的眼中，"卡里古拉"仿佛变成了那个女人。

她的基因原体。无论伊迪萨如何努力，变得多么强大，都无法摆脱的阴影。因此伊迪萨学会了和她相处，每当步入生死之境，她都幻想着在同基因原体战斗。她甚至爱上了这种感觉。

伊迪萨闭上了眼睛。熔融态物质的高温掀起的热浪拍打着她的肌肤，然而透过空气的流向，她却能够更加清晰地判断出对方的动作……

熔岩巨人使出一记横斩，伊迪萨俯下身子躲过。她又向上方轻盈地一跃，翻滚着铁水的直拳从她的下方挥空。落地后，伊迪萨的双臂环住“卡里古拉”的巨拳，顺着对方的力道用力一扳，对方庞大的身躯在空中翻出一个半圆，重重摔在地上。伊迪萨立即拉开距离，方才流水般的一套动作只用了两秒钟的时间，在战斗服的防护下并不至于烧伤。

“卡里古拉”的身体慢慢悬浮起来，手臂处的关节向着诡异的方向扭曲着，它尽管有着人类的外形，却不会遵循人体的工程学结构。但伊迪萨并没有给对方更多的机会，她拔出核铳对着倒地的敌人一阵扫射，地面上扬起阵阵尘粒。

然而下一瞬间，伊迪萨看到的却是熔融态物质如同巨浪一般扬起，画着螺旋形的轨迹从四面八方向她扑来！

伊迪萨按下战斗服脖颈处的按钮，头罩自动保护起了她的头部——她并不喜欢带着头罩战斗，那会限制身体的感觉。眼见避无可避，伊迪萨扎稳马步，双臂在空中划出一个浑圆。黏稠的液态金属仿佛一只赤红的恶龙嘶吼着，而伊迪萨却在恶龙的尖牙利爪间从容地舞蹈着，在掤、捋、挤、按等招式变换间，身体四周竟隐隐透出一股张力。几秒钟后，所有的液态物质在伊迪萨的手中被汇集成一个硕大的球体，然而自始至终，伊迪萨的身体都没有触碰到高温的熔岩。她双手一拨，熔岩球体便旋转着向半空飞去。

熔岩球体悬浮在半空，滚烫的熔融态物质渐渐生长出四肢。伊迪萨没有给它恢复人形的机会，她自腰间取出一小块泛着金属光泽的立方体，向着熔岩人丢了过去。

“结束了。”

在立方体接触熔岩人表面的刹那，空气中发生了剧烈的爆炸，气流掀起的冲击波切削着地表。这是一块经过特殊封装的金属氢，通过对液态氢施加五百万倍标准大气压制得，是一种比TNT储能高五十倍的超高能炸药，爆炸的高温能够将常规物质烧灼成等离子体。“卡里古拉”身体的重元素逐渐气化，电子和原子核分离，转眼间便化作一团弥散的等离子体。

伊迪萨迅速寻找掩体躲了起来，灼热的风暴灼烧着大地，空气中卷起一道涡旋。风暴过后，伊迪萨走出掩体，她卸下面罩，深深地吸了口气。在战斗服的保护下，她的身体并没有高温的损害。然而就在同一时刻，她立即意识到了异常：在她正上方的天空中遍布着粉尘一般的彩色斑点，如同夏日夜空的银河一般，将穹顶渲染上五彩的荧光。她立即判断出，这些并不是什么荧光物质，而是本应被吹散后冷却的等离子体——这些弥散的原子核与电子依然拥有自我意识！

等离子体迅速汇集，半空中再次掀起灼热的风暴。颜色各异的辉光逐渐汇合成人形，它的四肢有如无数道细碎的光线组成，躯体四周的空气分子被电离，放射出吱嘎的闪电。

等离子态“卡里古拉”的右臂高高举起，一柄淡紫色的等离子体利刃迅速汇集生长，一直绵延到太空。下一瞬间，伊迪萨拼命地向一侧跃去，巨刃贴着她的身体斩过，在地表上留下看不到尽头的裂谷。

又是一下，伊迪萨的身体被重重地拍在岩石上，她痛苦地干咳两声，嘴角渗出一道血迹。方才的攻击刺穿了戴森球的外壳，透过近旁的深坑，伊迪萨可以看到Paradox核心区域泛出的光辉。伊迪萨清楚，下一次攻击，就是她的死期。

面对绝境，伊迪萨不顾一切地奔跑起来。在第三次攻击到来之前，她已来到被切开的裂谷面前，向着无底深渊一跃而下……

一阵黑色的风吹过，伊迪萨不偏不倚地正好落在了赶来的Jack的肩上。机甲的发动机发出一声嘶鸣，画着圆润的曲线向高空飞去。

高云打开Jack的驾驶舱，伊迪萨跳了进来。Jack化作一道黑影飞向太空，在它的身边，周身闪着光的“卡里古拉”梦魇一般如影随形

“去死吧，混蛋！”高云发出一声怒吼，Jack抽出了等离子体切割器，向着敌人劈砍过去。两把等离子体兵器相碰，迸发出飞絮一般的电火花。

突然间，敌人在高云的眼前消失了。高云立即调整监视器的角度，可在他捕捉到敌方的身影之前，左臂处突然传来撕裂般的痛感……“卡里古拉”以更加敏锐的速度绕到了Jack的背后，将它的

左臂切了下来，装甲上平整的切口好似出自艺术家的手笔。机甲内侧的聚合物胶体喷射而出，迅速填补了缺口。

敌人的速度与攻击力已经超越了Jack！

“现在该怎么办？”高云喘着粗气问道。

“等离子体无法实现退相干，需要改变战术。”方慧话音未落，高云的面前便弹出一张从未见过的控制面板，“现在赋予你操控Jack的最高权限。这是等离子体切割器的调试面板，简而言之，它由两部分组成，即8字形强磁场发生器和镓离子源。现在请将离子源和磁场分别关闭，在屏幕的右上角。”

顺着方慧的指导，高云将全息屏中的旋钮调到“off”状态。

“接下来请高云先生以正常的方式同敌人战斗。”高云皱皱眉头，方慧继续解释道：“你可以想象武器的形状，在武器砍中敌人的瞬间，打开磁场发射器。注意离子源要始终处于关闭状态。”

“是。”

那一刻，高云选择了无条件相信方慧。他不再去思考战术的意义，而是化作一个零件、一柄剑刃，忠实地执行着每一道命令。在之前的两场战斗中，方慧大胆而又敏锐的战术帮助他们化解了一个又一个难关。

渐渐地，高云适应了“卡里古拉”的反应速度，Jack以旗鼓相当的速度同敌人展开厮杀。可即便如此，用“没有剑身的剑”砍中对手依然是十分困难。又是一剑挥空，高云感到腿部传来痛感，

Jack以毫厘之差躲过了敌人的攻击，小腿处的装甲被削掉一层。

“可恶！”高云立即调整好姿势，敌人却不知何时来到了驾驶舱的正前方，利刃已触碰到Jack的胸甲……

那一瞬间，高云下意识地开启了预测系统。时间再次停滞，“卡里古拉”的动作缓慢得如同定格动画，身旁的伊迪萨好似雕塑一般，完全感觉不到她的呼吸。突然间，高云感到仿佛有一双手，紧紧环绕住他的脖颈。

恼人的幻觉没有再次袭来，那一刻，高云与Jack完美地融为了一体。

Jack轻盈地侧身躲过了敌人的突刺，果断将剑柄挺在了“卡里古拉”的正前方。高云没有放过这转瞬即逝的机会，他立即开启了磁场发生器。集成在剑柄中的可控核聚变引擎放射出强大的8字形磁场，形成了囚禁等离子生命的牢笼。

预测系统关闭，世界再次拥有了色彩。通信器中响起方慧的声音：“太好了，虽然很困难，但高云先生终于做到了。晶体文明对电磁场的感知十分敏锐，如果一开始就开启磁场战斗，它们一定会有所察觉。以‘卡里古拉’的速度，是不可能将它捕捉的。”

高云擦擦额头的汗滴，问道：“接下来怎么办？这玩意儿不可能困住它很久。”

“心镜先生，拜托了。”

“来了！”

Queen画着圆润的曲线冲出机甲仓库，18支枪刃排列成两个圆周围绕着它的身体，好似一朵燃烧的向日葵。高云将等离囚禁着敌人的剑柄丢向远处，心镜发射出一枚小型的立方体，不偏不倚地落在了等离子体发生器的正中。与伊迪萨使用的烈性炸药不同，该立方体由液态氘和液态氚按照1：1的摩尔比压缩而成，能够在极端条件下发生聚变反应。

既然上万度的高温无法令敌人退相干，那就用上亿度。

心镜拉下操作杆，18支大型枪械如同幽灵一般飞出，悬浮在立方体的四周。它们全部维持着一定的速度，与等离子体发生器完美地保持了相对静止。每把枪械都是一支高功率的脉冲激光器，它们的位置经过精确的计算，能够将18束波长约为350纳米的脉冲激光聚焦在几个微米的空间区域内。

几十秒后，目标已进入核爆的安全距离。心镜扣下扳机，18支激光器在同一时刻发射，极高功率的飞秒激光脉冲精准地打在目标中心的立方体上。在聚焦激光束的灼烧下，立方体中心部的氘原子和氚原子发生核聚变生成氦核和中子，心镜利用激光核聚变原理造出了一颗小型氢弹。Jack和Queen迅速回避，核聚变在宇宙空间中形成一颗闪亮的超新星，高能伽马射线灼烧着Paradox的地表。

高云来到舰桥时，方慧依然在一个人忙碌着。

超大型阿克别瑞引擎的安装十分顺利，10小时后，三台引擎的安装已经完成。方慧将最后一台引擎的安装推迟至60小时后，因为最后一台只是备用，想要准确地发动Paradox，必须将前三台引擎的参数调至分毫不差。

镧借由Ash系统复活后，高云并没有多说什么。他已经明确了自己应当做的事情，必须在“摘星行动”剩余不多的时间里，为达成目标积累足够多的要素。

高云将一杯热咖啡放在方慧面前，自己端着一杯乌龙茶仰坐在驾驶席上，大大小小的全息窗口在面前交相闪烁。从第三台引擎安装完毕开始，方慧便在面对着天书般的数字和指令行，到现在一动不动已有36小时之久。按照方慧的说法，大型阿克别瑞引擎的设置工作极其复杂，很多参数目前只能依靠人工调节。

不知不觉间，在舰桥消磨时间已经成了高云的习惯。

看着方慧忙碌的身影，高云感到一阵安心。不管面对怎样的敌人，只要有方慧在，就一定能够战胜！不知从何时起，这已经成为Dust小队成员共同的信念，相信伊迪萨也不例外。

行动的最后，伊迪萨会怎样执行暗杀指令呢？自己又应当怎么办呢？

“要不要休息一下？”在高云发觉之前，自己居然和方慧聊起了天。

“必须快些逃离这里，晶体文明的援军说不定已经在路上了。”方慧头也不抬地答道。

高云耸耸肩，继续将目光投向观景窗，却发现黑洞的吸积盘中有一道环线格外得明亮。高云很想让方慧讲上一课，但为了不打扰她的工作，还是选择了沉默。就在高云闭上眼睛准备休息片刻时，方慧却冷不防地问道："高云先生，你觉得镧怎样？"

"问我的意见吗？你过于执着于阿西莫夫第一定律了。"高云仰着身子答道，"战斗能力明明一塌糊涂，却几次三番想要保护我。"

"如果立场互换，你会怎么做呢？"

高云眼前一瞬间闪过钟铃的身影。他想都不想地答道："我当然会选择保护她，我可是人类。"

"那证明我成功了。"

高云哼了一声，方慧继续说道："镧就像我的姐妹一般，虽然是我制作的人工智能，我却给了她完全的自主权。她可以有自己的情感，自己的判断，自己的秘密，我认为只有这样我们才能平等相待。"

高云打趣道："如果有一天镧恋爱了，你希望对方是个怎样的人？"

"嗯……"方慧装出一副思考的样子，"我希望是个侦探。"

"为什么？"高云吃了一惊。

"因为侦探的氧化性够强，能够抓住'镧'的心。"

高云愣了片刻，方才反应过来这是一个关于侦探鼻祖福尔摩斯（注："福"与"氟"同音）的冷笑话。他一个没忍住笑了出来，方慧回头看看他，也开朗地笑了。笑过之后，高云望着观景窗内“提比略”的残骸，问道：“我一直想不明白，晶体为什么能够自主思考呢？”

“晶体文明依靠晶格中的杂质和缺陷形成逻辑门，并由此发展出自我意识。要知道，计算机中最基本的原件二极管，也是基于类似的原理。”方慧解释道。

高云努力整合着捉襟见肘的知识储备：“没有其他智能生物的干预，晶体也能产生自我意识吗？”

方慧没有正面回答，她反问道：“高云先生，你认为‘自我意识’是什么？”

高云几经思索，却发现自己居然无法回答这个看似简单的问题。

“即便进入了宇宙世纪，人类对‘自我意识’依然无法进行严格的定义。但有一点是可以确定的，‘自我意识’并非独立的物理过程，而是复杂系统在建立从自身到自身的映射过程中，所产生的一种体验。从系统复杂度的角度比较，碳基生命并不占有优势，如果存在无限大的二维晶体，它的复杂度甚至可以是无穷。因此，既然人类能够产生自我意识，晶体没有理由不能。对方甚至可以不局限于晶体的样式，只要能够产生自我映射的复杂系统，就有可能形成自我意识，并由此发展出文明。”

高云试着去理解方慧的解读，却始终似懂非懂。半晌，他挤出一个问题：“机动兵器可以拥有自我意识吗？”

“理论上讲，机动兵器的计算机系统要比镧更加先进。”方慧答道，“但我依然将它们设计成了纯粹的兵器，因为人工智能反而难以执行看似不合理的作战。”

高云回想起三次战斗的过程，确实很难用“合理”形容。方慧请求道：“又有些口渴了，能再帮我取一杯咖啡吗？”

高云离开舰桥，来到餐厅的自助咖啡机旁。他取出纸杯，按下了“拿铁”的按钮。浓稠的咖啡冒着热气流了下来，夹带着一股焦香味。

突然间，咖啡机上的标识引起了高云的注意，他确信这些符号在10分钟前并不是这个样子。24种口味下方的提示灯经过了重新的设计，高云从中找出四个特别的标识，与遥控他的跳舞小人记号不谋而合。他端详着四个符号，很快便尝试出了正确的排列顺序：

JACK。

心镜晃晃脑袋，从短暂的浅层睡眠中清醒过来。“卡里古拉”一役后，他已连续工作了一天半。与阻击战不同，信息战需要消耗大量的脑细胞，疲劳度比起驰骋战场也不相上下。

点亮电脑的屏幕，程序依然不知疲倦地运行着，进度槽却始终卡在了99%。潜渊号服务器的防火墙相当牢固，即便专长于信息战的心镜也难以攻破。

道出伊迪萨是克隆人的同时，镧也向心镜提出了她的请求。

“这艘船在军方交给我们的同时，就安装了可以自毁的炸弹。你需要黑进潜渊号的服务器，查找炸弹的位置，并将其拆除。”镧解释道，“只有这样，我们才能活着通过虫洞。”

“为何不直接为我提供权限？”

镧摇摇头：“shadow设置了后台程序，监控着管理员账号的一举一动。如果我命令智能机器人排除炸弹，难免打草惊蛇。但如果你以黑客的方式进入，就可以绕过后台程序的监控，这样我们才有机会。”

对于地球防卫军的神秘人物shadow，心境也是略有耳闻，但这并不是他此刻关心的。

时钟慢慢地转动着，心镜焦急地抖动着双腿。就在这时，悦耳的提示音响起，淡红色的光标飞速绘制出了潜渊号的三维模型图。借助安装在太空船各处的监视摄像头，心镜对潜渊号进行了断层扫描一般地检查。他迅速地浏览了舰桥和生活区的状况，并没有发现任何异常。当检查至防止大型阿克别瑞引擎的仓库时，红外成像中几处微弱的热源引起了心镜的注意——依靠丰富的经验，他判断出这些必是炸弹。炸弹的数量并不多，但全部装配在了关键部位，一旦引爆，潜渊号的工程学结构便会被破坏，继而会由于自身的质量解体。

想要再次见到姐姐，就必须拆除这些炸弹。

心镜一面思索着，一面打开了通往仓库的阀门。法兰阀门开启的瞬间，生活区的空气迅速向着真空的仓库涌去。心镜借着气流的方向来到另一边，又飞速关闭了阀门。他打开太空服头顶的照明灯，借着压缩气体喷头在真空失重的环境中熟练地移动着。几分钟后，他便在角落里找到了第一颗炸弹。

拆除炸弹同样是心镜的拿手好戏。打开外壳后，心镜仅用了几秒钟便掌握了电子线路的内部布局。他取出别在腰间的工具，娴熟地剪断了其中的两条导线。计时器发出一声尖锐的呻吟，旋即停止了工作。这是一种遥控炸弹，心镜将通信器部分短接后，它将永远收不到引爆的信号。

心镜将全息图投影在面前，准备前往排除第二颗炸弹。可是突然间，视野中微小的变化引起了他的注意。在空间广阔的仓库中，那丝微弱的动静不亚于数十米远处树梢的晃动，但带来的寒意却无异于在过冷水中投入一粒冰晶。

还有人在这里！

心镜屏住呼吸，自背后取过狙击步枪，俯下身子在狙击镜中四处寻找着。他不断调节着焦距，终于在几分钟后捕捉到了目标。距离很远，心镜仅能识别出一个模糊的人影，此君的动作十分娴熟，也懂得在前进的同时隐藏自己。没有一丝犹豫地，心镜射出了膛中的子弹。他无法猜测对方的目的，但如果对方知道炸弹的存在，后果将不堪设想。

几乎在同一时间，狙击镜中的人影做出了投掷的动作。一秒钟后，心镜瞥见了金属碰撞的火花，他的子弹被挡下下来！

心镜匆忙背起狙击步枪，一面隐藏行踪一面快速行进着。根据身形判断，对方穿着和他同样的简易太空服。这种设备的氧气储量十分有限，谁能够抢先回到入口处，谁就能赢得这场较量！

入口已近在眼前。心镜藏在掩体后方，卸下狙击步枪，向着出口的方向投掷出去，几乎在同一时刻，尖锐的穿刺声响起，心镜握紧手枪冲了出去……

在他的枪口顶住对方头部同时，一把锋利的匕首架在了他的脖子上。不远处，另一把匕首贯穿了狙击步枪的枪膛。

“你怎么会在这里？”通信器中响起高云气喘吁吁的声音。

“你呢？不跑去舰桥约会了吗？”心镜反唇相讥。

“我想，我们在找同样的东西，有你帮忙就好办了。”高云晃晃匕首，收回了腰间。“原本认为你还在偷窥伊迪萨呢，毕竟同样的事情你干了两年，还借着太空葬的机会检查过死者的身体。”

心镜缓缓放下持枪的手臂。他犹豫片刻，对高云道出了真相：“已经没有必要了。她不是我的姐姐，知道这点，便够了。”

高云惊讶道：“你还有个姐姐？”

“……我的父母是一对烂人，为了不切实际的发财梦，很快便败光了家产，还欠了一屁股债。他们不但不担负起养家的责任，还经常大吵大闹，搞得家里乌烟瘴气。”心镜回忆着，“在我的记忆里，一直是姐姐在照顾我。她精心地调配着家中少得可怜的食材，保证我不会挨饿。可是有一天，父亲领来了一群陌生的男人，他们强行带走了姐姐。我和姐姐大哭大闹，却完全无法反抗突如其来的分别。后来我才知道，姐姐被父母卖给了军队，她将成为特种战士的实验品。”

“你加入地球防卫军，就是为了寻找姐姐吗？”高云问道。

心镜点点头：“我第一次见到伊迪萨时，别提有多高兴了。她的相貌，她的声音，她的举止，简直和姐姐一模一样。我历尽千辛加入了Dust小队，她却不肯与我相认，甚至刻意疏远我。我尝试过无数的方法，她却始终守口如瓶。不过现在一切都清楚了，她只是姐姐的克隆体。”他直视着高云，继续说道：“老高，这次‘摘星行动’后，高层极有可能鸟尽弓藏。我们联手吧，我还要去寻找姐姐，决不能死在这里！”

“那是自然，所以我才会寻找炸弹。”高云答道，“但对你而言，还有个更棘手的问题需要面对吧？”

心镜低下头，没有回应。高云继续说道：

“我们都知道，伊迪萨把命令看得重于一切。为了执行命令，她可以抛下一切情感，即便牺牲自己也在所不惜。如果你选择保护方慧，就不得不在行动的最后面对伊迪萨。你真的做好准备了吗？即便她只是克隆体，你能够对她开枪吗？”

心镜双拳紧握，身体微微颤抖着。他并没有回答高云，而是独自向下一颗炸弹的位置飘去。

3i. 方慧的记忆之五个人

在第33星区的边缘，有一颗没有被记载在星图上的孤独行星，在行星最深的峡谷中，坐落着一间狭小的酒吧。圆木搭筑的墙壁散发着森林的清香，霓虹招牌上“KLEE”的名字忽明忽暗。酒吧内侧的墙壁上密密麻麻地贴满了书籍的扉页，娟秀的铅字仿佛一位歌者，吟唱着永不停息的叙事诗。

方慧独自坐在暗黄色的木桌前，身边六个空出的位置上摆好了岩石杯。今晚是一场特殊的集会，她仍在等待客人们的到来。身材高大的银发酒保迈着机械般标准的步子走到她的面前，恭敬地将一瓶Spirytus摆在桌上。方慧将冰凉的酒瓶捧在手中，凝视着标签上夸张的数字。

“我不记得点过这款酒。”她说道。

“这是送您的，小姐。”酒保惜字如金地回答。

方慧抿嘴笑笑：“为什么选了Spirytus？”

“您的生命在发出声音，我听到了。”

方慧将烈酒斟满岩石杯，一口吞了下去。烈焰般的灼烧感自胸口渐渐扩散，大脑仿佛被浸泡在了熔岩之中。她将岩石杯蹲在桌上，后仰着身体，浓浓的酒气氤氲在半空。

“你什么时候学会喝酒了？”

方慧侧着头看过去，主管不知何时坐在了酒桌旁。他一只手拄在桌面上，投射而来的目光好似锈迹斑斑的洋铁皮。

“在你的眼中，羊羔就应当乖乖听话是吗？”方慧反问。

“哪的话。”主管若无其事地叠起双腿，“在强迫你做志愿者之前，我可是亲身尝试过。”

“没想过是这样的结局吧？”

“您是指哪件事呢，技术总监先生？”

方慧拎起酒杯端详着，没有回答他。主管把玩着岩石杯，问道：“猜猜看吧，我从旋转餐厅跳下时，在想什么？”

“你大概在想，这个讨厌的家伙，终于要死了。”

“请问……等我的人是在这里吗？”一个男人的声音打断了两人的谈话。方慧把视线从主管身上移开，瞥见一位中年男子正站在酒吧门前，目光迷茫地四下张望。方慧热情地招招手：

“过来吧，马里奥，就是这里。”

“不好意思，我有些……”

“什么都不用说，我清楚你的一切。”招呼马里奥坐下后，方慧为他斟满酒杯，“我们是在57星区认识的，那是一颗模仿欧洲建筑风格的美丽的小行星，我们见面时的酒吧和这里很像，当晚的驻唱歌手却有些聒噪。我知道你是数学天才，也清楚你19岁时患上了顺行性遗忘症，无法将新的记忆保持24小时以上。就好像总会死而复生的游戏角色一般，因此你将自己称作‘马里奥’。”

“你很有魅力，我被你迷上了。”马里奥有些拘谨地说道。

“我们初识的那天，你也是这么说的。”方慧笑道。

“对……对不起。”马里奥低下头，逃避着方慧的视线。

“与你相识后，你便经常带着我畅游在你的数学世界之中。有了你的眼睛，我才第一次看清，那些纷繁复杂的迷宫居然有着如此清晰的脉络，那些枯燥无味的逻辑语句居然蕴含着乐律般的美感。”

马里奥的眼睛亮了起来：“能让你爱上数学，我很高兴。”

“物理学也很有趣，不是吗？”又一个声音出现在酒桌旁。

“但比不上生物学有趣。”第五个声音回应。

“你们来晚了，彭羽，祁阳。”方慧注视着两位科学家，这对一高一矮的搭档总是同时出现，好似相声中的捧哏和逗哏。方慧招招手，酒保将一瓶新的Spirytus递到她的手中。

“方慧可以攻克量子纠缠态复制技术，我深厚的物理学功底显然是最重要的。”彭羽举起岩石杯一饮而尽，“纵观量子纠缠态理论的发展史，我可不记得哪一次突破有生物学的贡献。”

“那只是你的孤陋寡闻而已。”大个子祁阳不动声色地斟满酒杯。“复制无机物的技术早被一位不愿透露姓名的科学家发明，方慧能够攻克人体的复制技术，生物学的知识贡献更大。如果没有生物学基础，复制出的就不是生命体，而是一坨基本粒子。”

“那个家伙的技术只能复制微观粒子！微观粒子！”彭羽激动地拍着桌子，“方慧非但攻克了宏观物体的复制，还将质量上限提高到了1000吨！”他凑到祁阳面前，对方露出嫌弃的表情。“还是说，你连阿伏伽德罗常数的概念都没有呢？生物学家？”

“将你的脑细胞扩大阿伏伽德罗常数倍，也许能勉强理解生物学的魅力吧！”

“就算给你庞加莱回归那么久，你也无法理解物理学！”

“你交了很多有趣的朋友呢。”主管看着争吵的两位科学家，插言道。

“抛开人品，你也是个出色的机械学家和计算机学家。”方慧回应。

主管冷冷一笑，默默地喝下了杯中酒。

“这里有些热闹，不太适合我呢。”第六个声音传来，老兵不知何时坐在了方慧对面。

“您愿意来，我很荣幸。”方慧斟满烈酒，同老兵碰杯。

“上次的问题，思考得怎么样了？”老兵掏出雪茄，方慧示意不用介意，老兵却苦笑着丢在一旁。“这东西太容易上瘾，准备戒了。”

“人类将脚步踏入宇宙，最大的阻碍是什么？”方慧缓缓重复出老兵的问题，“我想，就是人类自身吧。毕竟……”她注视着自己握住酒杯的手，“我们连自己是什么都没有搞清楚。”

“人类吗？如果你指意识层面的存在，大概是复杂集合在建立自我映射过程中所产生的、新的公理化集合吧。”马里奥代替方慧答道，“不过根据哥德尔的解释，这样的集合要么不完备，要么拥有自身无法证实或证伪的命题。”

“哪有那么复杂！”彭羽拍着马里奥的肩膀，“一切都是物理定律决定的，意识这种东西一定可以用波函数描述！”

“你不妨试试用你得意的第一性原理计算，还原一下大脑的信息处理过程。”祁阳面不改色地嘲讽道，“猪的大脑就行。”

“等这次的超级量子计算机建好，信不信我真的做给你看？”彭羽怒目相视。

“哼……人类吗？宇宙的毒素而已。”主管低声自言自语。

“吵死了！”老兵一声怒喝，“这么复杂的问题我怎么可能想清楚？是另一个问题！另一个！”

“您是问我接下来准备怎么办吗？”方慧恍然大悟，她突然沉默下来，盯着杯中的倒影发呆。吵闹的酒吧里骤然安静下来，大家不约而同地注视着方慧。就在这时，门外传来沉重的脚步声，仿佛整个峡谷都在随着一起震动。

方慧抬起头来，露出无所畏惧的笑容：“我想，它已经来了。”

木门吱呀打开，机械企鹅笨拙的身体出现在门的另一边。

“我们出发吧！”方慧将岩石杯摔在地上，迎着墨色的流光向门外走去。

10. 潜渊号遇袭

伊迪萨的过去并不长，至少比大多数人认为的要更加短暂。从记事那天起，她便生活在一群同自己一模一样的孩子之中。大家被奇怪的大人们指挥着，每天规律地作息、训练。那时的她并不知道，大家都是诞生在培养皿中的克隆人，从拥有完整自我意识的那天起，便已经具备7岁孩子的生理机能。

渐渐地，她懂了，她们所属的组织叫地球防卫军，而她们生存的目的就是为了军队贡献力量。训练很艰苦，但伊迪萨并不讨厌。教官们尽管严厉，对她们却十分关心，只是伊迪萨不明白为何教官看她们的眼神中总是带着怜悯。经常有同伴无法跟上训练，这些同伴不久后便会消失，教官告诉她们，不合格的战士会被送往“外面的世界”。

六年后，伊迪萨的身体已经成长到与教官们一样高大。在完成了全部训练课程的那一天，伊迪萨被告之，她是通过“克隆技术”制造出的战士，而她们的基因原体是人类中最强大的英雄。由于基因改造技术，她们的成长速度是普通人类的两倍。

那时的伊迪萨还不能很好地理解何谓“克隆人”，但她认为这是无所谓的事情。她清楚军队之外还有着更加广阔的天地，但她宁愿选择留在这里，就好像婴孩恋着母亲。她需要军队，军队也需要她，这就够了。

为了成为最强的战士，伊迪萨和剩下的同伴们都接受了纳米机器的注射，在加强战斗力的同时减缓肌体的衰老。军队高层对这支队伍寄予厚望，经常会有高级军官来这里视察。伊迪萨对一名叫作黑川的男人很有好感，身为地球防卫军的最高指挥官，他却没有一点架子，目光中充满了星空一般的深邃与温柔。可是不知从何时起，高层的视察渐渐少了，伊迪萨很想再次见到黑川，上次瞥见他的身影已是一年前的事情。不好的传言越来越多，很多人认为这支部队即将被抛弃。

终于有一天，克隆人部队收到了高层的判决书。尽是一些难懂的术语，大意是有人攻克了新技术，可以完美地复制人类的身体和记忆，克隆人部队不再被需要。战士们议论纷纷，大家最为关心的是高层负责安排出路，并免费提供抗衰老纳米机器的承诺，而伊迪萨却只记住了一个英文单词，entnalglement（纠缠态）。

那天晚上，伊迪萨没有出现在部队的散伙晚宴上。三天后，同伴们得到消息，伊迪萨偷了训练基地的武器和小型飞行器，单枪匹马杀入地球防卫军的大本营。当她最终被防卫部队包围时，已有上百人负了重伤。

“你为何要这样做？”黑川俯视着被按倒在地伊迪萨，问道。

“你们剥夺了我存在的意义。”伊迪萨答道，“我想死得其所。”

黑川直视着伊迪萨的双眼，少顷，他转身离去，只留下了一句话：“跟我来吧，我会让你成为更加伟大的英雄。”

那一瞬间，黑川的约定刻在了伊迪萨的灵魂中，永生永世。

既然黑川想要方慧死，那方慧就必须死。伊迪萨曾经认为自己可以毫不犹豫地执行这道指令，直到她同方慧一起经历了几次出生入死的战斗。对于方慧这个暗杀目标，伊迪萨产生了一种战士间的惺惺相惜。

与此同时她也得知，令克隆人部队丧失了存在意义的“entnalglement”，正是出自方慧之手。

伊迪萨习惯性地看着刀锋中映射出的面容，用自己都无法听清的声音说道：“如果是你，会迷茫吗？”

她决定将迷茫一刀斩断。

三台阿克别瑞引擎调试完备，在漫长的工作过程中，方慧只休息了不足四个小时。

依照伊迪萨的意见，最后一台引擎的安装任务由她和心镜执行。为了确保万无一失，方慧命令Jack和没有驾驶员的Queen在地面待机，镧驾驶Ace停留在同步轨道上，这样可以同时防备太空和地面的敌人。

镧打开全部投影窗，Ace的驾驶室内俨然成为三面透明的观景平台。Paradox的大气中没有水分，半空中一朵云都没有，更看不到风暴卷起的漩涡。群星的冷光打在土黄色的地表上，一座座矮丘孤独地矗立着。Ace此时位于行星的背光面，核心深渊的辉光透过戴森球的裂痕流泻出来，在夜空画出一条七彩幔帐。

一缕金色的光透过地平线直射进来，地表霎时间被切割出一条明与暗的境界线。这是一次地狱边境的日出，吸积盘的光芒刚刚将天空染上亮色，无底的黑暗便将穹顶挖去一个浑圆的空洞，宛若连接现世与幻境的不归路。正下方米粒大小的Jack笔直挺立，在晨光的映射下好似远古文明的图腾。

突然间，镧在视野中发现些许端倪。在黑洞庞大的吸积盘中，有一条蓝色的环形光带尤为醒目。她立即警觉起来，飞速地打开了Ace外置的光谱仪。红外波段、可见光波段……直至X射线波段都没有发现异常，镧愈加紧张起来，匆忙将探测器的能量范围调节至伽马射线波段。

计数器的数值很高，却有些凌乱。镧回想起“卡里古拉”不停向着更高能量状态进化的场景，突然间，她闪过一个想法……

不可能，晶体文明应当没有进化到这种程度。如果这是真的，那“摘星行动”将即刻宣告失败，人类在晶体文明面前不堪一击。

镧飞速输入几行代码，屏幕上绘制出了椭圆流同粒子横向动量的关系图。曲线在高能段上升逐渐趋于平缓，那是一条近乎完美流体性质的谱图。

镧第一时间打开了同舰桥的通信。

5分钟前，方慧在舰桥上享受了难得的闲暇时光。她习惯将困难的工作放在前面，完成了前三台引擎的调试后，只需几条简单的指令，Paradox便会成为返回银河系的方舟。第四台引擎只是以防万一的备用品而已。

方慧将咖啡随手放在操作台上，打开了同战士们的通信窗口。

“请报告引擎安装现场状况。”

“一切正常，3分钟后完成安装。”对面传来伊迪萨沉稳的声音。

“高云先生，地面情况如何？”

……

Jack没有回音。正当方慧怀疑线路是否出现问题时，全息屏中突然跳跃出扎眼的“error”窗口。方慧立即跑回操作台前，飞速敲击着键盘，试图输入纠错指令。

没有反应。无论方慧怎样用力地按下键盘，系统都好像耍脾气的孩童一般，执拗地拒绝她。方慧迅速打开舰长席左手边的一支金属盒子，厚重的盖子下方保护着一颗碗口大小的红色按钮。这是潜渊号主机的紧急关机键，通常只有在太空船启动前的调试中才会用到。

方慧举起拳头用力砸了下去。主机关机重启带来的短暂黑暗并没有如期到来，浅蓝色的“error”窗口依旧悬浮在荧幕正中。

为什么会这样？

方慧轻轻咬着拇指，倒带一般在大脑中回放着“摘星行动”以来经历。调试超大型阿克别瑞引擎期间、与晶体文明的使者战斗时，系统都没有任何会发生故障的预兆。难道是太空船进入虫洞前就被动了手脚？也不对，地球防卫军对Paradox如饥似渴，不可能在如此关键的环节搅局。再者，如果系统真的被植入了足以引发宕机的后台程序，她不可能毫无发觉，

一定漏掉了什么细节！

头脑中的影像再次播放。Dust小队登上了太空船，她带领着大家认识了Ash系统，与高云在观景台邂逅……不可能，她每天都会查看系统的运行日志，连最细微的一行描述都不会马虎。时间继续前进，潜渊号通过了虫洞……

对！

方慧立即奔跑起来，舰桥的自动门没有开启，她掏出核铳，麻利地在墙上轰出一个大洞。来到餐厅，电梯理所当然地将她拒之门外，方慧如法炮制地轰开屏蔽门，顺着电梯的线缆向下方滑去。她一只手取出腰间的通信器，拨通了与镧的通信。这是基于量子纠缠态原理的小型对讲机，类似于宇宙世纪前的无线电对讲机，不需要

借助主机及基站的辅助也能够通信。

“慧慧，不好了……”线路刚一接通，方慧便听到了镧急切的声音。

“潜渊号遇到袭击了，主机系统宕机，紧急重启无效。”方慧语速飞快地叙述着。

“咦？”镧似乎吃了一惊，但她立即恢复了冷静，问道：“是shadow干的好事吗？”

“她不会这样做。”方慧利落地答道，“这是晶体文明的杰作，‘克劳迪乌斯’正潜伏在船上，我现在就前去清理！”

“晶体文明？它们何时……”

“还记得我们刚刚通过虫洞的时候吗？你观测到了十分短暂的电信号脉冲，那就是潜渊号接触到‘克劳迪乌斯’时的信号。”眼看目标临近，方慧一跃而下，另一只手中的核铳轰开了负一层的屏蔽门，通往太空船托卡马克引擎的通道设置在这里。平稳落地后，方慧继续说道：“不如说它才是第一名使者‘屋大维’，任何文明想要通过虫洞靠近Paradox，都会立即被它捕捉。”

“‘克劳迪乌斯’到底是什么？就是它杀死了伊迪萨吗？”

“伊迪萨的死与它无关，因为它并没有那个能力。”方慧一面飞奔一面答道，“它是一层包裹了整个虫洞的单原子层，虽然现在没有办法检测，但我推测，它应当是行星尺度的石墨烯。”

“……原来如此。”镧立即理解了方慧的解释，“说不定就是它一直将我们的位置和动向发送给母体，所以我们在行动的每一阶段都会被敌人阻击。”

“石墨烯可以通过调节边缘原子排布改变导电性，简直是我意识的最佳载体。”方慧冷笑道，“之所以现在才发动进攻，我想它一方面需要通过捕捉空间中弥散的碳原子自我生长，直至侵入主机硬件；另一方面，它也需要足够的时间解读人类的计算机技术吧！”

转眼间，方慧已来到隔离活动区与托卡马卡引擎的法兰阀门前，另一侧是真空低重力的广阔区域。托卡马克引擎是依靠磁约束实现可控核聚变的大型发电装置，用来提供阿克别瑞引擎启动时的动力，并保障太空船日常运行的电力供给。石墨烯无法附着在高温的电力设备上，此刻托卡马克引擎正是击败“克劳迪乌斯”的关键所在。方慧打开阀门一侧的红色柜子，麻利地取出里面的简易太空服套在身上。

“说到底，石墨烯也不过只是一层原子，只要一个静电脉冲就能烧掉。”方慧拉下阀门控制杆，机甲仓库内的空气迅速向另一侧的真空涌去。阀门开启的瞬间，方慧看到数十台工程机器人正悬浮在另一侧，对她这个“入侵者”严阵以待。

“乖乖……”

“怎么？”

“交给我吧，你注意警戒！”

镧结束了同方慧的通信，紧张地注视着外围空间。黑洞外围的蓝色环形光带愈加明亮，颜色渐渐向着紫色偏移。不会错了，那就是晶体文明的另一位使者，由于石墨烯“克劳迪乌斯”捷足先登，它应当被叫作“尼禄”了。辐射光频率的改变代表着能量的上升，此时此刻，“尼禄”仍在进行着自我进化。

无论如何，如果不摆脱“克劳迪乌斯”的危机，一切都无从谈起。镧迅速将思绪拉回到现场，她调整观景窗的焦距，显示出Paradox地表的景象。就在这时，通信器中响起伊迪萨的声音：

“Dust小队呼叫，重复一遍……”

“Ace收到。”

“太好了。”伊迪萨的声音似乎松了一口气，“联系不到舰长，上面发生了什么？”

“太空船遭遇了袭击。”镧答道，“晶体文明夺取了潜渊号主机的控制权，慧慧正在处理。”

“舰长？”伊迪萨吃了一惊。

“交给她吧，‘克劳迪乌斯’只是一层原子，机甲战士反而毫无用处。”镧解释道，“你们那边情况怎样？”

“引擎安装已经完成，即刻返回。”

镧稍稍松了口气。她再次抬起头注视黑洞，方才的亮线已消失不见，“尼禄”产生的辐射频率超越了可见光波段。

“镧……听得到吗？”在通信器沙沙的白噪音中，传来方慧有些疲惫的声音。镧立即抓过通信器，忙不迭地问道："慧慧，你那边顺利吗？"

"我已抵达托卡马克引擎，刚刚为整艘太空船洗了个澡。三千伏，足够烧掉'克劳迪乌斯'了。"方慧故作轻松地说道，在她身后的通道里，悬浮着不计其数的机器人残骸。"主机应当已经开始重启，我返回舰桥还需要一点儿时间，你来测试一下和主机的通信是否恢复了吧。"

镧迅速输入了连接潜渊号主机的ping指令，悦耳的提示音响起，悬浮窗内映出舰桥内的画面。

"已恢复正常。"镧立即回复，"只是想要再次启航恐怕……"

"没办法，我现在就回去调试参数。"

镧最终也没有将"尼禄"的事情告诉方慧。她再次检查了椭圆流谱图，按照她的估算，"尼禄"完成自我进化至少还需要10小时。只要一切顺利……

不祥的预感袭击了镧。

会顺利吗？

"克劳迪乌斯"的危机真的解除了吗？

伊迪萨和心镜还没有从工程井中升上来，从此次行动开始，高云一次通信都没有传来。这并不像他的风格。

突然间，仿佛要回应镧的预感一般，Jack毫无预兆地动了起来。漆黑的战士一跃而起，在空中划出几条杂乱的折线。

“高云先生，高云先生，请回复！”

镧对着通信器大喊着，然而Jack就好似失去了灵魂的木偶一般，以不断提升的速度，跳着一曲狂乱的华尔兹。下一瞬间，Jack一头插入了Paradox地表的裂痕，在视野中消失了踪迹。

镧立即扳下操作杆，操纵Ace向地面俯冲下去。可就在这时，太空中传来一阵火光，镧抬眼一看，潜渊号的一侧被击中，跳跃的火花好似灼烧的恶灵。

“镧，发生了什么？”方慧的声音有些慌张，“我刚刚返回舰桥，又有敌人来袭击了吗？”

镧飞速地环视着四周，很快地，她便找到了攻击的来源。不如说，对方压根就没有想要隐藏。

Queen不知何时悬浮在了半空，手中的狙击枪还未冷却，裙角飞舞的枪械好似妖艳的彼岸花。

被“克劳迪乌斯”夺去控制权的不只是潜渊号，还有Jack和Queen！此刻两部机甲没有停留在母舰内实属幸运，否则在找到方法阻止它们之前，太空船早已化作宇宙的尘埃。

镧自太空飞速俯冲而下，Ace的外层装甲与大气层猛烈摩擦，绽放成一颗火流星。艳红的彗星画出一道螺旋形轨迹，在短短的几秒钟时间内，镧已躲避开了Queen的13次射击。

被“克劳迪乌斯”操控的Queen，还无法发挥百分之百的战斗力。

镧精准操控着Ace的航向，尽可能地将Queen的攻击吸引至远离潜渊号的角度。又是一次等离子脉冲射击擦肩而过，不远处的山丘被削去一角。镧用力地拉下操作杆，Ace贴着地面高速俯冲，在Queen能够再次射击之前将它撞倒在地。

“结束了。”

Ace挺起机枪，瞄准了Queen的动力系统。

“不要击坠！”方慧的指令在镧叩响扳机的前一刻到来了，语气中带着不安，“镧，我刚刚做了检查，由于刚才的进攻，Ash系统已经损坏。”

镧大吃一惊，方慧继续说道：“修复需要很长时间，并且大量备份数据都已经丢失。除去你我和Ace，现在无论谁死亡，或者机体损毁，都无法再次被复制。我们不能失去重要的战斗力，想办法夺回控制权！”

在镧犹豫之际，Queen抡起枪托，重重地砸在Ace身上。镧吃力地稳住机体的姿势，几颗子弹打在Queen的枪械上，等离子狙击枪冒出滚滚浓烟。

“请报告情况！”

通信器中传来伊迪萨的声音，她和心镜已升出地面。画面中的心镜身上满是尘土，伊迪萨却是一副若无其事的样子。镧简要说明情况后，伊迪萨和心镜向着Queen飞奔过来。伊迪萨决定从外部打开Queen的驾驶舱，由心镜进入内部夺回控制权。

脉冲激光枪飞入Queen手中，可在Queen能够瞄准之前，Ace已俯冲到它的面前，抓住它的左臂，一个过肩摔将Queen放到在地。机甲上百吨的身体砸在地面上，扬起一阵风沙。伊迪萨和心镜抬起手臂护住眼睛，速度没有丝毫减慢。

下一瞬间，镧感到一股巨大的冲力，Ace重心不稳跪倒在地。Queen不知何时遥控一支激光枪飞到Ace身后，命中了Ace的腿部装甲。镧迅速丢出一枚飞刀，将激光枪击落。在镧分散注意力的间隙，Queen摆脱了倒地的不利处境，再次飞上半空。

在与镧战斗的同时，“克劳迪乌斯”的战斗能力也在进化！

“伊迪萨长官，心镜先生，快！”

Ace飞空而起，伊迪萨和心镜从山丘顶部一跃而下，不偏不倚地落在机甲战士的后背上。

“我来吸引它的注意，你狙击打开驾驶舱！”伊迪萨麻利地向心镜下达了指令。

“喂，太夸张了吧！”

“谁叫你平时训练总是偷懒！”

两人攀到Ace的右臂处，在伊迪萨的指挥下，Ace将他们径直丢向Queen的上方。

“我在这里！”伊迪萨一声怒吼，向着Queen的头部射出几发核铳。这样的攻击显然无法伤到机甲战士，但短时间地吸引它的注意，已经足够。

Queen伸出粗壮的手臂，想要捕捉半空的伊迪萨，然而在它能够触及目标前，Ace精准的射击命中了它的肩胛。传动系统被破坏，Queen的左臂无力地垂落下来。

心镜在半空中维持住倒立的姿势，双手紧紧握住狙击步枪，咆哮的风声划过耳际，失重的酥麻感刺激着每一块肌肉。心镜均匀地呼吸着，心脏在胸腔中平稳地鼓动。Queen在狙击镜筒中逐渐清晰，心镜熟悉这部机甲的每一处细节，就像熟悉自己的身体一样。

子弹划破裂空，平稳地命中了驾驶舱的开启扳手。Ace俯冲而下，稳稳地接住了下落的伊迪萨和心镜。

“现在进入驾驶舱，能做到吗？”伊迪萨紧盯着对手的动向，问道。

“就算我说不行，你会答应吗？”

“算你识趣！”

镧再次俯冲至对手面前，Ace的双臂按住Queen的双肩，两只钢铁巨人一同向着地面跌落而去。

“快，趁现在！”

Ace挺起手臂，为伊迪萨和心镜架设起一座桥梁。然而Ace的动力系统并无法与Queen硬碰硬地较量，留给他们的机会转瞬即逝。

心镜逆着重力的方向再次飞奔起来，腿部肌肉传来阵阵刺痛，体内的纳米机械正在迅速地修补破损的组织。两人冲过了Ace的肘关节，目标已近在眼前。就在这时，心镜感到一阵热浪自背后袭来，半空中的另一只激光枪命中了Ace的肩部，浓烟与火光相继迸出，Ace脚下一个不稳仰倒过去。

Queen能够遥控设计的激光枪，总共有18支。

心镜脚下失去了支撑，而就在下一瞬间，他感觉到有人拉住了他的手臂，将他向上用力一甩——

“去吧！”

伊迪萨在火光中渐渐下落的身影，遥远而暧昧。那一刻，心镜的脑海中闪过模糊的记忆。午后，电扇，蝉鸣。沉重的敲门声，穿着黑色西装的大人们。一只粗壮的手臂扼住他的喉咙，之后……

瓶罐的碎裂声。骨骼的扭曲声。叫喊声。呻吟声。枪声。枪声。枪声。黏稠而燥热的液体自额头流下，在极度恐惧中，心镜第一次张开眼睛——

姐姐挡在他的身前，手中的水果刀刺入了一名男子的胸腔。在姐姐的身边，七扭八歪地躺着数具尸体。

姐姐丢下水果刀，拉住心镜的手臂，向着后院跑去。两人气喘吁吁地躲在一棵树后。心镜颤抖着抱住姐姐，姐姐身体的温暖成了他此刻唯一的支柱。

“干得不错，没有辜负我的期待。”

一名金发女子自暗处走来，黑色皮的手套干涩地鼓动着。

心镜重重地摔在驾驶舱内。他立即撑起身子，拉下操作杆，Queen却没有丝毫反应。心镜拍下操作面板所有按键，驾驶舱却仿佛用尽了电池的玩具一般，冷静而死寂。

Ace失去平衡，摔倒在地。镧控制着Ace单臂举枪，艰难地瞄准着敌人。

Queen舞起右臂，将半空的伊迪萨牢牢握在手中。伊迪萨先是奋力想要挣脱，继而对着机甲战士的手臂奋力射击，然而肉体的力量在机甲的面前，是如此的渺小。

心镜拔出枪械，对着驾驶舱内一阵乱射。Queen依旧没有停下动作，它的手指在液压泵的作用下渐渐收紧，伊迪萨听到了肋骨碎裂的声音。核铳没了能量，伊迪萨掏出匕首，对着装甲徒劳地刺了下去。一下。两下。一阵猛烈的咳嗽，肋骨的碎片刺穿了左肺，胸腔一阵燥热。三下。四下。髋骨以下没了感觉，脊柱已经断裂。五下。六下。意识开始模糊，极度的痛感也已远去。伊迪萨丢下匕首，用最后的力气看向了驾驶舱中的心镜。

黑洞的光芒映在特种兵队长虚弱的身体上，那一刻，伊迪萨的身影在心镜眼中前所未有得清晰。伊迪萨的双唇翕动着，那一幕如同钢印般刻在了心镜的记忆中。

“姐姐！”

血雨落下，滴在心镜的脸庞上、额头上、鼻尖上。心镜好似回不去家的孩童一般，双腿一软瘫坐在地。

“慧慧，伊迪萨已经……”镧控制Ace艰难地维持住平衡，瞄准了不远处的Queen。

“击坠吧。”

心镜如同断了线了木偶一般，瘫坐在Queen的驾驶舱内。机体剧烈地摇摆着，惯性消除器没有开启，他的头重重撞在操作台上，却感觉不到一丝痛楚。事到如今，一切岂不是都没有了意义？

不。心镜的瞳孔深处闪过一丝光。伊迪萨虽然无法再次复活，她却在生命的最后，将希望留了下来。

大地剧烈地震颤着，突然间，地表飞扬起细碎的瓦砾，通体漆黑的Jack自深渊一跃而出，身影遮住了半面天空。镧咬紧牙关，如果同时面对Jack和Queen，她毫无胜算。

“……高云呼叫舰桥，重复一遍……”

通信器中传来高云虚弱的声音。太空中的方慧匆忙回应：“高云先生？太好了，你那边情况怎样？”

“详情过后再说，我夺回了Jack的控制权。”高云气喘吁吁地回应，“先解决眼前的问题！”

Jack取出等离子体切割器，高高举过头顶……

“等等！心镜先生还在机体里，Ash系统已经……”

方慧话音未落，Jack的兵刃已迎着Queen的额头径直劈下。镧痛苦地闭上眼睛，她片刻之后方才发觉，Jack手中的切割器没有发射出等离子剑刃。然而如同魔术一般，疯狂的Queen挣扎两下，旋即停止了动作。

“任务完成……回收机体要麻烦镧了……”

Jack深红的瞳孔刹那间失去了光辉，以一个极不自然地姿势跪倒在地。

11. 机器人钟铃

高云系紧皮带，第七次取过长枪，一丝不苟地擦拭着磨得锃亮的枪膛。这柄比他本人还要高的冲锋枪是“迷途羔羊”的战利品，由于过于笨重不易携带，才落到他这个10岁的新兵手上。上次作战“迷途羔羊”大获全胜，损失仅是新任大哥的一只胳膊。他本人此刻正举着酒瓶，对簇拥在身边的兄弟们大谈特谈自己的英勇事迹。

高云一面擦拭着枪杆，一面想象在战场上轰爆敌人脑袋的画面。突然间，太空船发出剧烈的震颤，这架老爷车的不稳定由来已久，但这种程度的晃动明显不是引擎的又一次罢工。高云扛起长枪走出房门，眼前出现的是四散奔逃的伙伴们。

“是太空警察！我们被包围了！”大哥挥舞着完好的一只手臂，“兄弟们，准备拼个鱼死网……”

又一次爆炸打断了大哥慷慨激昂的陈词，他一头撞在墙上，脊柱断裂般的疼痛。即使没有作战经验的高云也能判断出，这次的对手可不是走私品商船那种弱鸡，“迷途羔羊”在他们面前毫无还手之力。

火光。血。惨叫。高云迄今为止赖以生存的一切，如同废纸一般被轻而易举撕得粉碎。他将自己隔绝成荧幕外的观众，神色木然地注视着这场的灾难。突然间，后颈处传来强烈的刺痛，高云的意识在几秒钟内慢慢远去。

“真无聊，原来是一群毛孩子。”

晕倒前，高云听到了陌生的女人的声音。

高云再次醒来时，已经躺在了不知在何处的拘留所里。房间不算宽敞，一人住也并不逼仄，三餐由老式的四轮机器人派送，每次隔着栅栏门接过盒饭，高云都会迫不及待地吞个一干二净。隔着走廊他能听到伙伴们的声音，但交谈是不允许的，否则天花板的小孔内会喷出催泪瓦斯，那滋味高云尝过一次便敬谢不敏了。

渐渐地，拘留所里越来越冷清，伙伴们被一个接一个地送走了。高云不知他们被送去了何处，他此刻的愿望只是夺回长枪，将逮捕自己的家伙们轰成血浆。

终于有一天，房间门打了开来，一位女警逆着奶白色的灯光出现在高云面前。恒温器干热的风撩着她的发梢，警服微微敞开的前襟好似一曲激进的雷鬼。

“你的伙伴们要么被人领养，要么被打发去了工厂。”女警开门见山地说道，“高兴吧，由于星区财政养不起这么多少年犯，你们自由了。”

高云回忆起，自己昏倒前听到的正是这个声音。这段时间里高云了解到，她是警局唯一的人工智能警探，在歼灭战中以一当十。

他与女警对视许久，开口问道："我可以走了？"

"不，需要监护人签字。"

"我没有监护人。"

"所以我来了。尽管不是自愿的。"

沉默。女警单手叉腰看着高云，仿佛在端详一件无法丢弃的大件垃圾。她的脸蛋雕琢得与人类并无二致，表情却十分僵硬，与这样的对手僵持，少年感到很不舒服。女警将保释文件拍在少年面前，又取出一支中性笔，在手指间拨弄着：

"我叫钟铃。你的名字？"

"……凯撒。"

"太难听了。叫高云好了。"

那是高云与钟铃的初会，也是他正式成为"高云"的纪念日。之后每年的那一天，他都会当做生日庆祝，直到现在。

高云穿着别扭的衬衣和西裤，举着香槟托盘穿梭在会场的人群之间。一位彪形大汉与他擦肩而过，顺手拎走了三只高脚杯，溢出的香槟洒在高云肩上，凉飕飕的。高云的注意力集中在会场的一角，只因此刻钟铃的穿着让他无比惊讶。平日里，她就是一个大咧咧的女警，白天穿着警服，晚上回家先干一大口啤酒，继而发出舒服地叹气。每次，高云总是装着大人的模样说："以后哪有男人肯要你。”但此刻，钟铃为了这场宴会，为了接近那个西装男人，特意挑了一身黑色的纱裙，勾勒出身体的玲珑曲线，如同一只黑猫，在流畅的线条里散发着醉人的野性。她的出现成功吸引了西装男的注意，他们在舞池中游走起来，男人显然耐不住性子了，腰肢已经不能满足他了，将手逐渐移至臀线上。这时音乐响起，探戈变成了贴面舞，复古的热辣音乐为男人上下其手提供了绝佳的环境。钟铃不闪不避，反而旁若无人地沉浸其中，她就是要接近他，她今晚就为此而来，甚至还挑逗地将一杯红酒喂入对方口中，浇注着男人的欲火。

在宇宙黑恶组织“棱镜”卧底的47天里，高云不止一次看到了此种景象。钟铃的机器人身份并不难识破，但有些男人对此毫不介意。他不屑地撇撇嘴，视线却始终不肯离开。在一瞬间，高云瞥见钟铃对他使了个眼色，便不动声色地穿过人群，悄悄摸出了会场。

有情报称“棱镜”藏匿了生物兵器，钟铃的任务是将其找出并销毁。星区法律并不允许警察办案时将未成年人卷入，可钟铃对这些条框向来不理不睬。当高云从钟铃口中听到这次任务时，他就明白了这并不是商量，仅仅是在通知他罢了。

卧底期间，高云已协助钟铃将母舰摸了个底朝天，却没有发现武器藏匿的迹象。他已经不耐烦了。

高云快速地穿梭在太空船迷宫般的通道中，制服和香槟托盘为他提供了天然的保护，巡逻兵看到他，只是微笑着拍了拍他的肩膀。

10分钟后，高云摸进一条漆黑的通道中。他将同钟铃通信的设备和香槟一齐丢在了三个转角前的垃圾桶里，避免被人怀疑。通道尽头的阀门上装着密码锁，经过几天“不经意”地路过，高云已经记下了全部密码。在“迷途羔羊”的历练令他能够轻松地胜任这些工作。

阀门后方遍布着错综复杂的管线，高云熟练地攀上爬下，不一会儿便到达了角落的小门处。推开房门，沉闷地轰鸣声传来，两台卡车般大小的托卡马克引擎正不知疲惫地为太空船注入能源。

“棱镜”虽然装备了不知从何而来的武器，但防备系统的专业程度并不比“迷途羔羊”更好。

高云擦擦额头的汗，满意地笑了。靠着前辈们传授的知识，他懂得如何将这个大家伙搞成定时炸弹。他才懒得去管什么生物兵器，只要制造一次小小的爆炸让飞船抛锚，在钟铃发现之前，他早已逃到了自由的海域。

高云躬下身子，认真辨认着每一根管线。结着冰晶的不锈钢管是液氦制冷机的管路，它们负责为提供强磁场的超导体降温。小心地跨过冒着冷气的不锈钢管，高云很快便发现了绑在一起的几支粗壮的胶皮管，它们是循环水制冷机的管路。顺着管线，高云摸到一台一人多高的机器旁。他读不懂仪表上的字符和数字，于是胡乱拨弄了一气。前辈告诉他，只要切断核能提取装置的制冷，积聚的热能就会慢慢释放出来，最终令引擎关机。运气好的话，这些热量还会引发一次爆炸。

看着自己的杰作，高云满意地点点头。

5分钟后，高云坐在了为自己准备好的小型太空船里。这些日子他靠烟酒买通了看守小型太空船的大叔，告诉他自己想去附近散心，对方便很轻易地放了行。

“棱镜”的母舰渐渐远去，高云躺在驾驶舱内，得意地笑着。他早就为自己计划好了未来——去附近星域的太空垃圾场淘些东西卖钱，去黑市买两支枪，再干上一票。

突然间，后方传来金属断裂的声音。高云匆忙打开仪表，看着交错闪烁的数字和提示符他仿佛看天书一般。高云慌乱地摆弄着所有能碰到的旋钮，可此刻的操作台已成了装饰品。无奈之下，高云匆忙套上太空服，准备弃船逃跑。又是一声金属变形的闷响，高云拼命撞击着舱门，可罢工的电磁锁纹丝不动。

第三声闷响过后，驾驶舱内的空间被压缩成了三分之一。

很久之后高云回想起那次经历，才明白他破坏的制冷机并非服务于眼前的托卡马克引擎，而是更深处的阿克别瑞引擎。阿克别瑞引擎失控时，有八百分之一的概率会化作一颗空间曲率爆弹。这本是一个近乎零的概率，但高云偏偏“幸运”地中奖了。

高云倚在舱门处，那一刻，他体会到了绝望。

就在这时，另一架小型太空船出现在视野里。对方很快追上了高云的飞船，并调整航向，与高云保持了相对静止。舱门开启的瞬间，高云瞥见了钟铃的身影，她刚刚还在参加太空船的舞会，来不及换掉半透明的纱裙，腿上的硅胶肌肤光滑得不似人体。钟铃掏出枪，对着扭曲的舱门一阵扫射，接着又飞起一脚，千疮百孔的钢板同一只高跟鞋一起飞向太空。

那次任务过后，钟铃消失了整整两个月，高云无论如何也联系不到她。正当高云认为钟铃彻底舍弃了他这个累赘时，钟铃拖着一人高的行李回到了住处。高云上下打量着女警钟铃，她身上的硅胶皮肤似乎更换过，却依然是那种过时的材质。高云嘴角微微颤抖着，半晌，他问道：

“你是怎么找到我的？”

“你身上有发信器。”钟铃一面冷笑，一面将行李箱塞进床底。

“我可是换掉了所有的衣服。”

“当然不会让你发现。我是混在食物中让你吃下去的。”

许久的沉默后，高云摆出一副面无表情的样子，问：“为什么救我？”

“白痴。任务中受伤可是有补助的，没了证人会很麻烦。”

钟铃总会委派给高云一些奇怪的任务，凭借着少年时期的积累和自身过硬的学习能力，高云渐渐练成了老手。他也慢慢意识到，自己当年的拼劲儿根本算不上勇气，只是鲁莽罢了。

12岁那年，钟铃丢给高云一件闻所未闻的任务。

推开大门的刹那，高云被眼前的景象惊呆了：深不见底的坑道仿佛通向地心，坑道的四壁被改造成书架，密密麻麻地纸质资料凌乱地堆放着。

“你要我在这里……找资料？”高云怀疑地将目光投向钟铃。

“没错，你有五个月的时间。”

这里是名为“深渊书库”的小行星。借助低重力的环境，工程师在行星地表打造出截面直径近千米、纵深几十千米的圆柱形立体资料库。宇宙世纪的人类忙于新的开发，老旧的资料往往来不及整理，便全部堆放在了这里。据不完全统计，这里没有建立索引的书籍和资料高达24500万册。

“你想玩死我吗？”

“为了你的催眠学习，我可是付了半月的奖金”

不久前，高云刚刚借助催眠学习补充了必要的文化知识。钟铃认为，宇宙世纪不识字的人简直比纯金的行星更难遇到。

“如果找不到呢？”

“我会让你一直找到饿死。”

望着钟铃远去的太空船，高云不满地撇撇嘴。这项工作虽然讨厌，但不用每天见到钟铃了，他求之不得。

投入工作后，高云才发现找资料远不及想象中的那般枯燥。就好像简单粗暴地将数据库接入操作系统一般，催眠学习只能做到快速灌输知识，想要建立适合自己的索引、做到融会贯通，还必须在实践中慢慢摸索。书库的工作恰好为高云提供了这样的环境。如同吸吮了水分渐渐膨胀的海绵一般，囫囵吞下的知识在书籍的滋润下茁壮生长，慢慢为他支撑起了一个知识框架。

在一个月的时间内，高云便摸索出了书库中资料排放的规律。虽然没有经过整理，但由于是分批次运来的，资料在堆放的过程中自然理出了时间和空间的脉络。最上方的资料来自31星区，那里运送资料的工作人员很懒，所有书籍和文件都散乱地堆着；5i6j书架最为整齐，707星区的管理员不知是很闲还是为了方便后来人，甚至对资料按照类型和时间进行了归类……高云十分享受在无重力书库中的移动，环绕四面的书架如同列车一般向身后退去，那种感觉就好像他是检阅部队的将军。

两个月过去，高云为书库画出了“地图”。他将书库分割成27个区域，目标资料只可能位于第19区中。高云根据成文年代估测出纸张状态，又根据大致内容计算出资料的厚度。在工程机器人的帮助下，将搜索范围缩小至3345本。

又过了两周，高云已完成了检索，前后他只用掉了任务规定的一半的时间。他满意地将资料装入密封盒，千余页的纸张上记录了561年前的一起太空船空难。

高云爱上了的这里，他准备将剩余的时间全部用来学习。如果可能，他甚至想留下来工作一段时间。

最先进入高云视野的是文学。尽管催眠学习也提供了一定的文学知识，但将书本捧在手上，跟随文字进入另一个世界的感受是完全不同的。阅读公元纪年的科幻作品时，他惊叹于千百年前科幻作家们巧妙的构思；看着侦探们在推理小说中大显身手，他开始考虑这样的职业是否适合自己……一日，在阅读一本纯文学书籍时，他读到了这样的句子：

他们只知道，这些海域是神圣的，而且它们的确在等。它们在等我。

高云握紧书本，跟随着向导机器人迅速飞出了书库。小行星的大气十分稀薄，夜色中的星河在穹顶格外清晰。高云凝视着星空，自言自语地问：

“你们在等我吗？”

当钟铃的太空船再次降落在深渊书库时，高云已经有了三百余册的阅读量。那天的高云前所未有地健谈，他在不经意间将钟铃当成了可以尽情分享的朋友。钟铃翻看着高云找到的资料，又瞥了一眼眉飞色舞的少年，悄悄用书页遮住脸。

“猜猜这句话是什么？”飞行期间，高云将一张纸条拍在钟铃面前，皱巴巴的纸张上面画着七扭八歪的几个小人。

钟铃皱皱眉：“《血字的研究》吗？似乎又不太对……”

“聪明！我对柯南道尔的密码进行了再加工，目前有了四重加密。”高云得意地摆摆手指，“这句话翻译过来就是——钟铃是个老太婆。”

猛然间，钟铃的右手狠狠地插向高云的双眼。高云感到眼前一阵血红，继而难以言喻的酸楚顺着鼻腔蹿了出来。剧痛之下，他不由得捂住面部，呻吟起来。

“下次给你把眼球挖出来！”钟铃面无表情地呵斥。

高云艰难地抬起头来，准备把一腔怒火发泄出来。可是突然间他意识到了什么，匆忙握住钟铃的右臂，将风衣的袖子撸了起来。没有了硅胶皮肤，钛合金机械臂泛着冷光，熟练地控制着太空船的方向。

“什么时候受的伤？”高云握紧冷冰冰的机械臂，低声问道。

“啊，忘了告诉你。”钟铃猛地打了个转向，绕开一块大型太空垃圾，“长河星的房子回不去了，‘棱镜’残党发动突然袭击，半颗星球都被烧掉了。我新租了一处房子。”

“你早就知道了对吗？”高云握得更加用力了，“把我扔到书库，只是为了保护我吗？”

“白痴。巧合而已。”

“棱镜”的袭击最终被认定为钟铃任务期间的严重失误，她丢掉了警察的工作。但钟铃似乎对此毫不介意，她将租住的房子改造成了侦探事务所，戏称早就受不了迟钝的上司，早想单飞了。

事务所开张那天，钟铃难得地露出了心情大好的样子。

“起个什么名字好呢？”钟铃抬头望着空空的电子招牌，自言自语。

“云中风铃，如何？”高云提议。

“真恶心。”

事务所最终以“bell”命名，高云的存在被华丽丽地无视了。两年后，bell侦探组合已在业界小有名气，尽管高云一直不想承认这个称呼。

某日，钟铃对高云说：“我想把房子买下来，要干票大的。”

“能找到金主吗？”

钟铃将一叠资料丢在高云面前，那些正是高云当年在深渊书库找到的。钟铃解释说，自从563年前起，在同一片星域连续发生了26起空难，星区政府将方圆17光分的空间划定为禁飞星域，直至今日仍然没有解禁。

“越是禁止，人类的欲望便越是强烈。”钟铃拍拍高云肩膀，坚硬的机械手指刺痛着高云的神经。

太空船缓缓接近空难的核心区，钟铃停下太空船，凝视着面前空空如也的区域。她打开仓库的操作面板，方形的舱门缓缓开启，难以计数的纳米机器闪着蓝光四散开去。这些纳米机器是氧化锌球壳和氮化镓p-n结的核壳结构，外层施加了应变的氧化锌由于压电性能够持续提供电势差，内层氮化镓在电势驱动下发射出波长为405纳米的蓝光。

奇迹的幕布缓缓铺开。飞舞的蓝色光点渐渐改变了颜色，核心的球型空间区域被染上彩虹般的炫彩。色块缓慢地漂移，灵活地跃动，仿佛一群舞动的精灵。

“看到了吗？这些是时间不等速流逝造成的多普勒效应。”钟铃解释道，“移动的色块并非纳米机器，而是不稳定的时空度规。”她看看面前的光谱仪，“无色区域并非没有纳米机器，而是电子波经过红移或蓝移偏离了可见光波段。目前捕捉到的最高频辐射接近伽马射线波段，那里的时间流速是此处的一亿倍。”

太空船沿着蓝光指示的通路小心翼翼地前进。钟铃开启了船身四周的摄像机，认真地记录下了每一帧画面。从最后一起空难到现在的五百多年间，这还是第一次有人类接近空难的核心区域。视野中的幻彩一刻不停地变换着，最初是跃动的色块，渐渐被拉伸作飞舞的流线，流线彼此交织，勾勒出菌丝一般延展生长的网络。直觉告诉高云继续深入会十分危险，但他只是一言不发地盯着前方，紧紧握住双拳。

驾驶舱内出奇地安静，高云甚至听不到钟铃习惯性的点脚声。他下意识地转过头去，却看到色块与流线不知何时已钻入了太空船，它们毫无顾忌地穿过了钟铃的身体，如同幽灵一般在驾驶舱内游走。

高云恍然大悟，那些色彩并非纳米机器的荧光，而是来自被激发的真空能级。对于普朗克尺度的它们而言，太空船的外壳根本就是千疮百孔的沙雕。

高云匆忙扯下安全带，扑到钟铃身边，将操作杆用力向回拉。太空船发出吱嘎的声响，船身后半陷入慢时速区域，太空船的材料无法承受巨大的应力，在一瞬间断裂做两截。高云挣扎着为钟铃解开安全带的扣子，可还没等他来得及调整好姿势，巨大的加速度已将二人甩了出去，向着迷幻的核心跌落。

没有接近绝对零度的冰冷，没有真空的窒息，高云仿佛游荡在棉絮织就的空间之中。可是渐渐地，他的双脚失去了知觉，继而是腰，最后连胸腔的呼吸都已感觉不到。由于身体的不同部位所处空间区域的时间流速不同，神经信号已不能顺利传递。不知过了多久，空间感也慢慢流失，高云凭借仅存的一丝理性，用力拉住失去了意识的钟铃。突然间，前方明亮了起来……

干硬的木质地板。沉闷的空气。熄灭的镁光灯。高高悬挂的暗红幕布。高云恢复意识时，他躺在小剧场的舞台上。台下空无一人，钢管椅横七竖八地堆放着。钟铃站在他的正前方，她取出匕首，轻轻一挥，轻薄的碳纤维合金延伸做一柄长剑。

钟铃飞速奔跑起来，皮靴在舞台上踏出急促的嗒嗒声。高云艰难地撑起身子，看到舞台正中站着一位陌生的短发少女，她穿了一身洁白的纱裙，宛若雾气中的幻象。

钟铃的长剑斩过少女的身体，少女的身体上荡起水纹般的涟漪。钟铃没有停止攻击，她一次又一次麻利地使出劈砍，少女的影像渐渐化作飞舞的白色花瓣，如同大气一般地弥散在整个空间。钟铃将长剑拄在地上，身体微微颤抖着。这还是高云第一次看到她如此疲惫。

钟铃的大剑再次砍下。少女食指轻轻一摆，长剑如同被静止了一般，一动不动地停留在半空中。

住手……

少女走到钟铃身旁，对着她耳语了一会儿。钟铃露出惊讶的表情，对她过时的硅胶皮肤而言，这是为数不多能够准确表达情绪的表情。

住手……

少女停在原地，钟铃转头看看高云，她的嘴角微微上扬。

住手！

下一瞬间，少女握住剑柄一刺，剑锋贯穿了钟铃的身体，留下一道整齐的切口。而高云却由于极度的惊慌和恐惧，身体一动也不能动。高云一度想要尘封这段记忆，他为自己的弱小和无力感到深深地懊悔。

少女走到高云面前，俯看着他，手指轻轻点在嘴唇上。

斑斓的光彩渐渐远去，高云猛然间惊醒，原来方才看到的影像只是记忆的片段。此时他刚刚完成了对“克劳迪乌斯”的作战，受了枪伤。高云漫无目的地游着，不知过了多久，一扇木门出现在他的面前。门虚掩着，仿佛在等待他的到来。高云迟疑了，他清楚，门后等着他的是什么。手臂颤抖着，缓缓伸向门把手。

推开木门，一阵凉风迎面吹来，落日的余晖为房间打上一道暗红。钟铃裸着半身躺在床上，合金骨架的保护下，暗红的动力核心羸弱地蠕动着。工程师解释说，钟铃的记忆存储受到了不可逆伤害，只能再维持自我三个小时。

高云坐在钟铃床边，强露出笑容："你现在的样子好丑，我早说过让你把那过时的硅胶换掉。"

"啰唆。"钟铃看都不看他一眼地直接答道。

两人陷入默契的沉默，这种沉默让高云无比安心。许久，高云开口道：

"如果不是我找到的那份资料，你也不会搞成现在这个样子。"

"自作多情。检索用机器人的租金很贵的。"

"还有，作为监护人为我保释……谢谢了。"

"不把小鬼全部打发，可是要扣奖金的。"

"还有那次卧底任务，其实……"

"你好烦啊！"钟铃侧过身子，背对着高云，"三小时而已，不能让我清静清静吗？"

高云握紧双拳，身体忍不住颤抖着。钟铃笨拙地抬起裸露着钛合金骨架的左臂，指指自己的头："别想那么多。帮助你，不过是因为阿西莫夫第一定律罢了。"

高云凝视着钟铃的背景，眼前的空间渐渐地扭曲变形，病床如同热巧克力一般溶化，化作一池深不见底的沼泽。扭曲的深紫色条纹在墙壁上蜿蜒生长，高云想要抬起脚，却发现双腿早已深陷泥沼，身体随着黏稠的涡旋缓缓下陷。浓黑的汁液包围了他的身体，他变得目不能视，耳不能闻，连呼吸也渐渐困难起来。可是突然间，如同挣扎出水面的求生者一般，一切在瞬间清晰起来……

12. 疯狂的战士

高云睁开眼睛时，看到的是穹顶LED灯闪烁的冷光。他一个激灵想要坐起来，却被刺痛按回了床上。

“醒了？肩膀中了弹还坚持打架，你还没有伊迪萨那种本事。”

高云歪过头去，看到心镜正坐在他床边，百无聊赖地摆弄着手枪。

“我记得在小说里，等着病人醒来时会削苹果。”

“食品仓库毁了一半，还想吃苹果？能有的吃就不错了。”心镜取过水壶，将吸管塞进高云嘴里。“你怎么搞的？被自己的枪打伤，子弹从后面射入肩膀，驾驶舱里只有自己。要不是见识过那么多稀奇古怪的罗马皇帝，我都会把你当成魔术大师了。”

“失算了。”高云叹口气，“驾驶服太紧，我习惯将枪扔在身后。Jack失去控制，我正在同它较劲，没想到……”

“说你是魔术师一点儿不夸张。我都快把Queen的驾驶舱炸飞了，也没能让它停下来，你是怎么做到的？”

“Jack最初也是不肯听话。”高云仰视着天花板，“可随着机体与Paradox核心的接近，某一瞬间，我突然发现又能够控制它了。于是我想，应当是Paradox核心的某种辐射，将附着在Jack电路上的敌人烧毁了。”

“然后呢？那凭空的一剑，为什么能杀死‘克劳迪乌斯’？”

“虽然没有开启离子源，切割器的8字形强磁场却是启动的。”高云道出了个中玄机，“这是在‘卡里古拉’一战中学来的本事，我并不知道怎样的辐射能够干掉敌人，便选择强磁场赌了一把。看来我的运气真不错。”

心镜叹气道：“你果然……总能出乎我的意料。”

两人陷入了短暂的沉默。少顷，高云开言道：

“在坑道中，伊迪萨对你说了什么？”

“她一向话少，开口就是骂我。”

“少来。”高云闭上眼睛，“她刻意选择你一起执行任务，小孩子都能看明白是怎么回事。”

心镜仰视着明晃晃的灯光，嘴角虽然还挂着笑容，眼中的光却渐渐消散。

“她……想要杀死我。”心镜默默陈述着，“不，应该说，她想要被我杀死。”

高云皱眉道：“你到底在说什么？”

心镜看看他，答道：“老高，你说过，在伊迪萨的心中，执行任务是第一位的，对吗？”

“你应当比我清楚。”

“那么，如果发现自己的情感在妨碍任务的完成，又难以舍弃，她会怎么办呢？”

“她大概……啊！”高云在一瞬间想起了钟铃的告诫。在情感面前，逻辑和理性一文不值。即便再强大，伊迪萨也不过是个普通人，因此也会有迷茫，只是她克服迷茫的方式残酷而又极端。如果迷茫无法用理性克服，她会怎样选择？

结束生命。高云记起，自从第一次备份后，伊迪萨便一直以想要保留最好的身体状况为由拒绝再次备份，Ash系统中她的备份还是在穿过虫洞之前。那时的伊迪萨，一定还没有产生迷茫吧。即不辜负情感，又要完成任务，恐怕只剩下这种方式了。然而，在伊迪萨赴死之前，她是知道Ash系统业已损坏的，但她依旧选择了牺牲自己帮助心镜，同时也牺牲了完成暗杀方慧任务的可能性。在最后一刻，那位少言寡语的教官会想些什么？

高云将喉咙里的话吞了回去，识趣地保持了沉默。

“我要走了，下一场战斗就要开始了。”心镜将手枪收回腰间，整了整衣襟。

“下一场？”

“‘尼禄’就要来了，可潜渊号的系统维护还没有完成，目前只能靠托卡马克引擎低速移动。Queen的损伤不大，虽然没有百分百修复，上战场还是没问题的。”心镜看看高云，“尽管舰长吩咐让你好好休息，但我想，伊迪萨训练出来的兵，不会这么窝囊吧？”

从病房到舰桥的路，花费了高云整整15分钟。最初连下床都无法做到，整个身体重重摔在地上，可渐渐地，四肢找回了知觉，痛感也减弱了。是体内的纳米机器在起作用吗？高云放弃了思考原因，扶着墙壁向前走去。当来到舰桥时，他已近能够正常地站立和走动。

心镜并不在这里，镧在键盘前飞速敲击着，方慧盯着监视器中黑洞的画面，表情凝重。高云抬头一看，却发现在黑洞明亮的吸积盘上，居然出现了一条暗线。

“这是什么？”高云走到方慧身边，问道。

“它就是‘尼禄’，晶体文明的第五位使者。”方慧平静地叙述着，“和它比起来，前面几位‘皇帝’简直就像是小孩子一样。”

就在这时，镧抬起头说道：“慧慧，再有三小时系统参数就能完全恢复。只不过……”

“是啊，我们逃不掉了。”方慧双手叉腰，叹气道，“Paradox的加速必须掠过黑洞边缘，即便仅仅是乘着潜渊号逃走，恐怕都来不及了。”

高云吃了一惊：“‘尼禄’有这么可怕？”

“看到那条暗线了吗？不久前，它还十分明亮。”方慧指了指屏幕中的黑洞边缘，“晶体文明在黑洞的边缘建了一台加速器，利用黑洞的引力，这台加速器的功率远远超过了人类全部加速器功率的总和。最初的亮线是高速粒子产生的轫致辐射，加速粒子的能量不断升高，辐射的频率也在逐渐蓝移。”

“现在辐射的频率，已经到达紫外波段了吗？”高云努力动用着自己的物理知识储备。

“如果仅仅是紫外波段，它只会被吸积盘的光芒淹没。”方慧笑笑，“到底是什么能在黑洞边缘画出一条暗线呢？答案是，另一个黑洞，或者说，与黑洞结构类似的东西。”

“夸克-胶子等离子体，通常简称QGP。”一旁的镧给出了答案，“这是一种基于量子色动力学的推测而命名的物质，在人类的加速器中，只能很少量地观测到。利用黑洞加速器，晶体文明创造出了宏观数量级，不，至少是行星量级的QGP！”

高云双眉紧锁。虽然无法理解镧口中的专业术语，但仅凭“夸克”一词，他便已经将其与“高能”联系在了一起。

方慧继续解释道：“夸克之间是通过强相互作用力结合的，胶子正是传递强相互作用的粒子。与万有引力和电磁力不同，强相互作用力是距离越远、作用便越强的一种力，夸克之间只有结合在原子核的尺度中才能令强相互作用足够弱，因此又称为‘渐进自由性’。太阳表面的等离子体不过五千到六千度，核反应能达到上亿度，而夸克-胶子等离子体的温度达到了几百兆电子伏特，相当于两万亿度，比之等离子体上升了四亿倍。”方慧给出了惊人的数据对比，“这种物质大量存在于宇宙大爆炸后的10个皮秒内，它是一种近乎完美的流体，其黏度远远小于水，不，甚至比超流态的液氦还要小得多。唯一能与之媲美的流体，就是黑洞的事件视界。在反德西特空间中，黑洞的数学表述与胶子近乎相同，所以，说眼前的‘尼禄’是另一个黑洞并不过分。”方慧无奈地摇摇头，“拥有自我意识的黑洞！如果不是在这种情形下，我真想对晶体文明赞叹一句——好美。”

通信器中响起心镜的声音：“舰长，我们到底该怎么办？下令吧！”

“你还能精确地瞄准吗？”方慧有些担心地问道，“Queen可是刚刚把伊迪萨……”

“当一名战士杀死另一名战士时，他便得到了死者灵魂。”心镜抢先答道，“伊迪萨现在就在这里，她正在骂我为什么不赶快行动呢！”

方慧叹口气：“你们简直比我还疯……镧，Paradox上的引擎能启动吗？”

“慧慧，难道你想……”

镧站起身来，目光与方慧短暂地对接。方慧微笑道：“都走到这一步了，不把星星摘回去，岂不是太亏了？”

短暂的沉默后，镧点点头：“现在就可以启动，请下令。”

方慧深吸一口气，仰起头来，用沉稳的语气说道：“对‘尼禄’作战现在开始。镧，立即发动Paradox，沿着预定的轨道，向黑洞前进！”

“是。”

“心镜先生，你立即前往‘屋大维’的残骸处待机，潜渊号会随后赶到。我们将在那里执行特殊的任务。‘尼禄’作战完成后，我们将在黑洞的另一侧与Paradox汇合。”

“明白！”

方慧转身看向高云：“高云先生，这次作战成败的关键，就在你身上。”

高云点点头：“一切遵照舰长指示。”

“你驾驶Jack跟在Paradox的后面，当行星抵达黑洞边缘时，差不多也是‘尼禄’觉醒的时刻。你需要正面迎击敌人，但记住，绝对不要与‘尼禄’有物理性接触。人类文明的任何装甲，乃至行星，在‘尼禄’的面前都不堪一击。”

“Jack能跟得上那个家伙的速度吗？”高云问道。

“Jack有一项隐藏的功能，因为还在调试中，所以从未投入实战。”方慧解释道，“三年前探险队从Paradox内部带回的小型阿克别瑞引擎，至今为止仍是人类使用的性能最好、体积最小的引擎，并且，还有许多隐藏功能没能开发出来。我动用了一点儿手段搞到了它，安装在了Jack内部。只要发动它，Jack便能够在几秒钟的时间内加速到亚光速。我们从未见识过宏观量级的QGP会是怎样的作战方式，但我敢肯定，加速到亚光速对它而言不费吹灰之力。因此，能够与‘尼禄’周旋的，只有Jack。”

“交给我吧。”高云立即回应。

“敌人盯上你之后，将它向着黑洞的事件视界引诱，这次作战，将在你们掠过事件视界的瞬间完成。由于黑洞引力的时间收缩效应，我们无法在舰桥观测，更无法给你指示，一切只能靠你自己。记住，一个不小心，你就会跌入黑洞，或者运气好一些，与我们相隔千万年的时间。”

“明白。”

“同时，Jack的工程学结构和装甲没有经过任何优化，随时有可能在高速和强引力下解体。飞行造成的负担，对你现在的身体也是严峻的考验。换言之，这是一次危险的赌博，筹码是你的生命。”

“我的赌运一向很好。”

方慧停顿片刻，凝视着高云的双眼，说道：“我再问一遍，真的没问题吗？Ash系统还没有修复。”

“所谓Dust小队，原本就是灰尘。”高云敬了个军礼，向舰桥外缓缓走去。

Jack与Ace站在Paradox的山丘上，跟随着行星以百分之一的光速向黑洞飞去。漆黑的空洞在天空中愈加巨大，高云感觉自己仿佛乘在了开往虚无的方舟之上，即将面对伟大且无可抗拒的力量。

镧不顾高云和方慧的反对，坚持要同Jack一起行动。

“你的加入毫无意义，Ace没有任何武器能够伤到‘尼禄’。”方慧厉声说道，“要知道，人类的热核攻击对那家伙而言，就像洗个冷水澡一样！”

“独自面对黑洞和QGP生命，除了恐惧外，我想更难克服的是孤独。”镧平静地回应，“至少，我可以陪高云先生到最后一刻。”

方慧叹了口气，拍拍镧的肩膀：“至少答应我，不要离开Paradox的引力圈。晶体文明想要的是这颗行星，只要不远离它，就能大幅降低被攻击的概率。”

“你会尽快修好Ash系统的，不是吗？”镧握住方慧的手，“毕竟我的数据还有备份，就算我死了……”

“喂，过分了啊！”一直在通信器另一头聆听的心镜发起了牢骚，“如果将我们的数据也一起备份，伊迪萨也可以复活了啊！”

“并不是这样的。”镧解释道，“人体和机甲的复制需要天文数字的信息量，即便是最先进的存储设备，也需要一间仓库那么大小的物理空间才足够，负二层的大部分空间其实就是Ash系统的存储器。为了压缩信息量，从Ash系统发明的那一刻起，我和慧慧便将自己的数据输入了地球防卫军最先进的超算。经过三年八个月的计算，我们的数据才压缩到能够存储在小型设备里。”

心镜耸耸肩，没有再说什么。

“请放心，我们会同Paradox一起与你们汇合的！”镧轻轻地拍拍方慧的脸颊。

头顶上巨大的黑洞已占据了半个穹顶，Paradox的大气层受黑洞辐射影响，卷起一阵干热的暴风。吸积盘上的暗线愈加明显，“尼禄”已近在咫尺。

Jack缓缓上升，脱离了行星的引力圈。当有了足够的距离后，高云开启了机甲胸腔内的小型阿克别瑞引擎。

“高云先生，Jack从未尝试过亚光速飞行，你先慢慢将速度提升至0.3c，测试一下机体的承受能力。”镧在通信器的对面指挥着，“量子纠缠态通信本身并不会收到相对速度或引力的影响，但时间收缩效应会为解码带来极大的困难。如果像‘提比略’一战时那样全部交给你，恐怕凶多吉少吧！我和慧慧刚刚完成了一条简易的算法，这一次，直到你加速至0.7c以上，我们都可以保持通信。”

“你自己也注意安全。”高云回应道。

红色的悬浮窗弹出，左侧是速度计量表，金色的‘c’标识格外明显。右侧黑色的倒计时飞速闪烁着，时间流速会根据Jack与潜渊号的相对速度实时更新。此刻，距离“尼禄”作战的最终时刻还有42分钟。

Jack的速度渐渐提升，正前方金黄色的吸积盘渐渐变成了蓝色，两侧斑驳的星光拖拽成一道亮线。两分钟后，机体的速度稳定在了0.3c，在惯性抵消装置的辅助下，高云并没有感到太多不适。

“现在感觉如何？”镧问道。由于高速带来的时间收缩效应，镧此刻的声线听起来低沉了一些。

“有点像在山路开跑车。”

“那边响着的是什么曲子？”

“拉赫玛尼诺夫的G大调前奏曲，op32-5。”高云熟练地说出了曲目名称，“相比起拉赫玛尼诺夫疯狂的钢琴协奏曲，这一支更适合孤独的黑洞。喜欢的话，回去后介绍给你。”

“很期待。”镧笑笑，“高云先生，接来下你要将速度提升至0.6c，并沿着黑洞外侧做测地运动，路线我随后传送给你。阿克别瑞引擎会造成时空的弯曲，这是我们能够吸引‘尼禄’注意的唯一手段。”

“明白。”

高云拉动操作杆，猛烈的推背感传来，正前方蓝色的光辉渐渐变成了深紫色。系统接收到了Ace传来的数据，自动设置了航行轨道。这还是高云第一次如此近距离地观测黑洞，面对通体漆黑的庞然大物，他甚至产生了一种难以言喻的向往。好安静，好纯粹。那里是引力的漩涡，时空的奇点，但除此之外，什么都没有。好美。

猛然间，战士的直觉将高云拉回现实。他匆忙向黑洞边缘看去，吸积盘上漆黑的暗线发出不安的躁动，继而渐渐向一处汇聚，好似瀑布涌入深潭。在黑色物质的汇集点，生长出一颗小型黑洞般的圆球，圆球在视野中规则地收缩和舒张，仿佛胎儿鼓动的心脏。

"高云先生，'尼禄'要来了！"镧的声线低沉得仿佛中年男子。

完美的球体，如同没有一丝瑕疵的黑玉。正当高云感叹于造物的神奇时，"尼禄"突然有了动作，黑色球体拖拽出一条暗线，在明亮的吸积盘上泼洒出一道墨迹。在高云有所反应之前，暗线已近在咫尺，他下意识地扳起操作杆，一次高速冲击在几十千米的距离处划过。

"尼禄"从静止加速到接近光速，只用了不足1毫秒的时间！

"一定要保持距离！对方的身体有两万亿度，尽管阿克别瑞引擎产生的时空弯曲可以提供一定的防护，但如果正面承受攻击，Jack一瞬间就会烧成灰烬！"Paradox上的镧已经无法观测战况，只得不停地讲述着经验。

漆黑的流体再次汇集，"尼禄"停留在距离高云大约100千米的位置，与Jack保持了相对静止。

高云身体在大脑命令之前做出了反应。Jack丢出一枚飞刀，剑刃径直刺入"尼禄"的身体，却如同丢入大海的石子一般，甚至没有激起一丝涟漪。

“它将Jack的兵器吸收了，怎么回事？”高云问道。

“黑洞可以吞噬一切天体，QGP当然也能。”镧立即答道，“常规的攻击没有用，按照计划将它向黑洞边缘吸引！”

然而下一瞬间，“尼禄”化作8道漆黑的暗流，绕过了Jack的身体，向远处飞去。高云立即明白了，对方甚至根本没有把他当作对手，它的目标是Jack身后的Paradox！

高云不顾一切地拉下操作杆，Jack的速度艰难地上升着，慢慢超过了0.7c的界限。从现在开始，高云已是完全地孤身一人，他将再也听不到镧的声音。

“尼禄”在视野中渐渐远去，对方的速度远在Jack之上。继续加速！高云咬紧牙关，速度指示计已经上升到0.9c，目标却依然渐行渐远。

0.95c，Jack速度的极限。高云一个急转弯，终于赶在“尼禄”之前挡在了Paradox的前方

而“尼禄”也终于再次注意到了Jack。

高云控制航线，向着黑洞边缘折返。在他的后方，一次两万亿度的攻击擦身而过，轻而易举地贯穿了一颗小行星后，携带着更多的黑色物质融入了“尼禄”的身体。漆黑的球体再次化作一道曲线，如同黑色的蟒蛇一般张开了对Jack的追击。

成功了！

高云一面小心地操作Jack回到预定的航线，一面将后方的敌人

投影到面前，夸克–胶子等离子体散射出的可见光勾勒出一个外形酷似巨鲸的轮廓。轮廓中的每一颗微观粒子都有着极为接近光速的速度，即便Jack加速到0.95c，根据狭义相对论，对方的相对速度也仍在0.025c以上。宏观质量的物体以这样的相对速度撞击，Jack会在几个微秒内被碾为尘芥。

从此刻开始，不能有一丝哪怕最微小的失误。

高云开启了预知系统。熟悉的温暖感环抱了全身，好似神灵投下了救赎之光。在某一瞬间，高云发现自己在笑。徘徊在生与死的边缘，随亡灵舞一曲华尔兹，那是一种高云遗忘已久的欢乐。

有记忆以来，高云便跟随着“迷途羔羊”浪迹天涯，靠打劫商队糊口。一次行动中损失几名同伴是家常便饭，大家会为牺牲者举行简单的葬礼，如果行动成功，还会将酒浇在墓前慰藉亡灵。

那时的高云认为死亡是一件崇高且伟大的事情，直到与钟铃相遇。

高云拉下操作杆，一次两万亿度的攻击擦过Jack的装甲，在黑洞的吸积盘上挖出一道空洞。普通人的反应时间约为0.1秒，对于久经训练的特种兵而言，能够将最短的反应时间缩短为1毫秒。高云巧妙地将机体与夸克–胶子等离子体生命体的距离维持在7500米上下，通过直觉，他能够闪避0.025c的每一次攻击。Jack在宇宙空间中划过一道弧线，看看倒计时，高云只需在3分钟后掠过黑洞边缘，一切便会结束。

然而就在转瞬之间，高云却发觉监视器中的“尼禄”不见了踪影。他匆忙四下环视，却发现漆黑的巨鲸不知何时已近在咫尺。“尼禄”的一部分物质被阿克别瑞引擎产生的时空弯曲吹飞，飞溅出的物质却好似贪吃的恶灵一般，裹挟着空间中更多的物质返回了母体。

“尼禄”的身体分离出一小部分，渐渐化作了剑刃的形状。

“这是什么？”高云大吃一惊。两万亿度的剑刃迎面斩下，高云拼命回避，极高温的粒子风暴冲击着装甲，Jack外表被烧灼出无数细小的孔洞。在高云身后，吸积盘上被斩出一道裂痕，一直延伸到事件视界。

“是黑洞全息原理！”通信器中传来镧的声音。不再是低沉的大叔声线，而是镧平时的风铃一般的嗓音。

等等。

0.95c的世界中为何会有镧的声音？

“黑洞可以将内部的信息投影在事件视界上，‘尼禄’吸收了Jack的兵器，它在利用黑洞全息原理模拟人类的文明！”镧继续解释道，高云打开全部监视器，终于在不远处发现了一支火箭般大小的圆柱形物体，Ace正蜷缩在圆柱体的中心部，依靠圆柱体的外壳抵抗者黑洞的引力。

这个庞然大物高云再熟悉不过，它就是安装在Paradox内部的超大型阿克别瑞引擎！

“我来帮助你！”

镧控制着超大型阿克别瑞引擎，向着“尼禄”的方向径直冲去。引擎正前方的时空被猛烈地压缩，漆黑的QGP如同水滴一般被吹散。

下一瞬间，“尼禄”的身体形成一张巨大的薄膜，紧紧地包裹住了超大型阿克别瑞引擎和其中的Ace！

高云愣在了原地。那是两万亿度的流体，镧不可能生还。

薄膜逐渐收缩，再次汇聚成球体。球体内部发出不安的鼓动，表面泛起黏稠的涟漪，如同分裂的受精卵一般，“尼禄”高速改变着形态。

那一刻，高云仿佛听到了婴儿的啼哭声。

黑洞全息原理。被“尼禄”吸收的镧，化作信息投影在了“尼禄”的事件视界上。

黑玉伸出了手脚，自躯体中挺出头部，浓稠的墨汁化作眼罩。“尼禄”以镧的身姿站在了高云面前。

逃吧。

求生的本能大声呐喊着。高云一次次地扳动操作杆，可Jack的速度已无法再上升了。好像要玩弄对手一般，“尼禄”刻意与Jack保持了相对静止。

“啊……”高云发出一声惨叫，可Jack回应他的，只是几次不安地震颤。

“尼禄”的右臂沸腾版翻滚着，化作一把剑刃。

“……约定……”

耳中响起陌生而又熟悉的声音。高云匆忙赶走杂念，一个急转弯躲开了致命的一击。在0.95c的世界里，每一个变速都会承受巨大的压力与风险。

尽管隔着数百千米，高云却似乎看到“尼禄”在笑。

翻滚的QGP，第二把漆黑的剑刃。高云清楚，下一次攻击就是他的死期。他将同镧一样，成为滋养“尼禄”的信息。接下来是方慧和心镜，再接下来说不定还有整个人类文明。

“……约定……”

高云用力摆摆头，试图将头脑中的声音赶走。一定是自己太紧张了，预知系统又带来了幻觉。

然而下一秒钟高云方才认识到，那个声音并非来自预知系统，而是意识之海的最深处。这一次，声音无比清晰——

“约定的时刻到了。”

4i. 方慧的记忆之幻灭

方慧飞奔在黑暗的山谷之中，潮湿的空气拍打着脸庞，裤腿沾满泥泞。峭壁间传来闷雷般的脚步声，大地仿佛受到惊吓的小动物，不由自主地震颤着。不久后，她停在一个岔路口前，左方的道路通往密不透光的深林，右方的道路向上延伸至山峦的顶峰。

“现在怎么办？”主管问。方慧张望了一番，指了指左边的道路：“我决定向这边走。”她扫视着众人，马里奥和科学家组合不约而同地点点头。当方慧的视线停在老兵身上时，老头子拍拍她的肩膀：

“丫头，我只能陪你到这里了。”他用未曾点燃的香烟指了指顶峰的方向。方慧低下头沉默片刻，继而握住老兵的手：“一路以来多谢您的照顾了。多保重！”

可老兵并没有松开方慧的手。他犹豫再三，长长地叹了一口气：“丫头，出发前我想问你的，其实是另一个问题。你找上我的初衷是什么？为了完成上面的任务，为了在复杂的人际网中周旋，还是为了握住那些官员的把柄？你在追求着什么？权力、名誉、还是地位？现在的你踏上这条道路，又是为了寻找什么？”

“我……”方慧想要开口，老兵却用力按了按方慧的头，将她的一头茶色卷发搞得凌乱不堪。“多保重！”

方慧深吸一口气，头也不回地向左方跑去。

道路两侧的灌木渐渐生长，藤蔓编织出一条悬浮半空的道路。方慧手脚并用攀了上去。仿佛弯折成莫比乌斯环的纸带，道路在途中渐渐扭曲，森林也随之改变着方向。转过一道弯折，大地和天空互换了位置，挺拔的树木直立在头顶上方，茂密的枝叶向着脚下的虚空笔直地生长。

方慧不顾一切地奔跑着。不知何时，脚下的道路失去的颜色，化作一条纯白的色带，四周的树木如同被抽干水分的海绵一般，塌陷成扭曲断裂的几何图形。灰白的线条彼此纠缠，组合成一只舞动的精灵，它的身体像是蜡笔的涂鸦，额头裂开一道缝隙，紫色的眼球好似在窥探深渊。精灵划着突兀的折线在空中盘旋，方慧只觉得头脑一阵炸裂，不由得闭上了眼睛。

“方慧，快！”

马里奥的声音唤回了方慧的理性。她不自觉地伸出手去，却发现手臂插入了精灵的眼眶，喷出紫色的血浆。精灵的身体顺着眼眶向两侧开裂，天穹中撕开一道脓疮般的裂痕，扭曲的几何图案消失不见，银白的冰原自脚下铺开，直达天际。在凝结一般的冰冷空气中，马里奥的身影渐渐变得模糊。

“看来我不得不留在这里了。”马里奥看着自己半透明的手臂，苦笑着。

方慧强挤出一个笑容：“我会回来的，等着我。”

“关于老先生的那个问题……”马里奥习惯性地挠挠头，“你找上我们，是为了探寻知识与理性吧。身处高位能够继续把控量子纠缠态复制的项目，你才有机会接触到我们的记忆，从而获取更多更全面的知识。”

方慧紧紧咬着嘴唇，没有回答。马里奥继续说道：“金钱、爱情、荣誉、地位，这些在带给人类欢乐的同时，也携带着挥之不去的纠结与痛苦。可知识不会，它只会深刻人的理性，在扩充认知的同时，纯逻辑性地探求更加深层的规律。我能够通过遗忘来摆脱痛苦，可你却不行，因此你需要更多的知识来平衡理性之外的苦痛。”

“如果能够选择，你希望忘掉我，还是知识？”方慧反问。马里奥突然开心地笑了起来，直到他的身体消失在夹杂着冰屑的寒风中，方慧才自言自语道：“我才不是那种值得你铭记的女人。”

目之所及尽是一望无际的冻土，甚至找不到半个可以当作目标的物体。四人踏步在死寂的寒冷中，茫然地前进着。渐渐地，无数尖刺般的冰晶自地面竖起，如同镜子一般映衬出方慧的模样。方慧小心翼翼地移步过去，却发现重力骤然转变了方向，巨大的冰锥成了脚下的地面，冰冷的冻土竖成一道墙壁。方慧脚下一滑跌倒在地，却发现冰晶之上又长出了无数的分形结构，每一个分支都仿佛是母体的复制，共同构筑起一道三维的冰晶迷宫。

突然间，整个世界旋转起来，冰晶中交错的映像连接成炫目的万花筒。重力的感觉也随之混乱起来，方慧仿佛一粒碎屑般，向着万花筒的最深处掉落下去。不知何时，方慧的后背重重地撞在一座冰山上，她挣扎着爬了起来，却发现Jack安详地躺在千万年的冰棺之中，宛如一件陈列的艺术品。

“多么美丽的作品啊。”彭羽站在她的身后，“这是我们的知识创造的奇迹。”

“马里奥的动力学计算，彭羽的引擎设计，我的人体工程学模拟……这是完美的组合。”祁阳温柔地抚摸着冰山中的黑色机甲，仿佛在看着自己的孩子。

“你之所以不断探寻，是为了满足自己的好奇心与创作欲吧！”彭羽注视着方慧的眼睛，说道，“这是每一位合格的科学家，必然会走过的道路。”

“知识之于探求者，就仿佛阳光之于树木，食物之于野兽。”祁阳继补充道，“他们探索，一方面为了满足自身无尽的好奇心，那是一种无关乎理性的，只从属于人类那颗充满了逻辑错误的心灵的体验，却必须用完美的观测和逻辑推演才能够填满；另一方面，他们迫不及待地想要知道，自己能够依靠这些创作出什么，这是一种窥探造物主的快感，无论是科学家、作家，还是音乐家、艺术家，他们都是贪婪的神，不停吮吸着现实的恩泽，扩充着自己的宇宙。”

就在这时，一道裂痕自Jack血红的双瞳中扩散开来，转瞬间纵贯了冰山，割裂了大地。无垠的冻土如同冰屑般碎裂，方慧向着无尽的黑暗坠落，坠落。

13. 事件视界

视野骤然清晰，空气中弥散着红酒的气味。高云发觉自己躺在了木质地板上，闪烁的镁光灯透过深红色幕布打下一道暗光。

“按照约定，我来迎接你了。”白衣少女俯身看着高云，微微笑道。

痛苦的记忆刹那间喷涌而出，钟铃弥留之际的身影浮现在高云眼前。他立即警觉起来，这时，身边传来了第三个人的声音，高云十分熟悉的声音：

“好痛……这里是哪里？”方慧揉着后脑，撑着身体站了起来。

“你们与QGP生命体之间的战斗还在进行，但我们此刻位于时间的虚数轴上，即便是宇宙大爆炸，在这个世界也不是奇点，所以大可放心。”少女用生涩的术语解释着。

高云拼命抑制住愤怒，问道：“你说约定？我可不记得和你做过什么约定！”

少女笑笑：“不是和你，是和钟铃的约定。”

高云吃了一惊，在他的记忆中，钟铃确实同这位少女说了什么。但这并不足以让高云相信对方。他握紧拳头，哪怕是幻觉或梦也好，他一定要和杀害钟铃的凶手做一次清算。

“我告诉钟铃，你在未来会遇到一次大危机，如果没有特殊帮助，必死无疑。”少女继续解释着，“甚至因为你的失败，整个人类文明都会受到波及。”

高云握紧拳头：“那是我自己的事情！这就是你杀害钟铃的理由吗？”

少女平静地回应：“我可以帮助你，但为了维持这个宇宙的平衡，必须取走另一个自我意识的时间。我问过钟铃的意见，她答应了。”

高云一愣在了原地，身体微微颤抖着。方慧问道：“你能帮助我们战胜‘尼禄’？”

“我并不会直接干涉你们之间的冲突，但我可以将足以战胜对手的智慧赋予你们。这些智慧同样也是属于你们的，不只过，原本要等到‘摘星行动’结束后才能获得。”

方慧吃了一惊：“‘摘星行动’很快就要结束了吧，我们会在这么短的时间里找到对付它的方法？”

少女摇摇头：“以高云和方慧的主观时间来看，距离‘摘星行动’结束，还有146273年。”见两人惊讶得说不出话，她继续说道，“不过，却不是此时、此地的你们。”

高云的意识一时无法接受如此庞大的信息量，半晌，他挤出一句话来：“这真的是……钟铃的请求？”

少女微笑道：“她还告诉我，如果你问起来，就说这是阿西莫夫第一定律让她选择的。”

不会错了，只有那个讨厌的女人能够说出这种话。高云仰起头，强忍着不让泪水落下。少女继续说道：“我并不希望因为你们破坏其他宇宙的时间线。跨越十四万年赋予你们智慧，拿走钟铃剩余的三年已是极限。”

她走到方慧面前，轻轻抚摸着方慧的额头。方慧惊呼一声，她看看自己，又看看少女：

“这些知识……你到底是谁？”

少女的身影模糊起来，四周的舞台也逐渐迷雾般消散。

“我是时间的……”在暧昧的光晕中，少女转过身去，留下一丝微笑。“不，我只是一个，忘了怎么去爱的女孩。”

如同落入深渊一般，高云的意识在一瞬间回到现实。这是他第二次体验这种感觉，与多年前少女将他丢出那个奇妙空间时别无二致。

不知何时，高云的四周弹出了几十道全息窗口，近乎挤占了观景窗的视野。窗口中陌生的代码飞速闪烁着，Jack的操作系统在完成着自我进化。

高云已经没有时间去思考这奇妙的现象，因为“尼禄”的双刀斩击已近在眼前！

机体自己动了起来，在高云有所反应前，Jack钻过了两道QGP间狭小的空隙，在“尼禄”的身旁掠过。

关节发出断裂般的疼痛，Jack擦过了黑洞更高重力的空间区域，折返着向“尼禄”飞来。就在这时，一个声音在高云脑中响起：

“关掉阿克别瑞引擎。”

没有了空间曲率的防护，Jack在“尼禄”面前就好似扑入烈焰的飞蛾。

“相信我，以Jack和‘尼禄’的相对速度，近距离接触的时间只有不到一个纳秒。方慧的计算有误，由于‘尼禄’的吸收，黑洞质量略有减小，必须更加接近事件视界才能完成作战。凭Jack现在的装甲是做不到的。”

高云毫不犹豫地将阿克别瑞引擎调至“off”状态。Jack在“尼禄”近旁不足十千米的位置掠过，却奇迹般地没有损毁。就在这时，高云发现机体状态栏发生了变化，Jack的质量指示计飞速地上升，最终停留在了63万吨。

“这是……”

“不足1纳秒的接触时间，‘尼禄’周边的QGP并不足以毁掉Jack，反而为Jack的装甲提供了一层镀膜。”头脑中的声音解释道，“这层镀膜的厚度只有1皮米，即1纳米的千分之一，密度却达到了10的17次方，与中子星相当。‘尼禄’亲手为我们提供了可以与之抗衡的铠甲，QGP装甲。”

“尼禄”再次举起双刀，Jack却画着8字形轨迹折返回来，要同对手正面一决高下！

高云眼前弹出一张醒目的蓝色全息屏，翻滚的代码走到尽头，其上显示出一行纯白的字体——

Event Cone Cutting Device

“我刚刚对阿克别瑞引擎进行了设置，现在，你可以将空间曲率化作剑刃的形状，对敌人进行攻击。”那个声音温柔地说道，“事件光锥切割器，它的剑刃是区分类时与类空的界限，即便是QGP也能对抗！”

高云按下确认键，Jack手中生长出一支圆锥形的长矛，漆黑的躯体划过吸积盘，似乎一直延伸至无限远处。

两柄黑刃碰撞，在接触的端点，如同搅动糖稀一般掀起黏稠的黑色漩涡。这是两个事件视界的融合，相当于两颗小型黑洞的正面碰撞。

“趁现在！”

Jack再次改变航向，向着黑洞事件视界的边缘飞去。在时空的卷曲下，“尼禄”的身体被扯成一条狭窄的暗线，暗线紧紧跟随在Jack身后，留下一道魔鬼啃食过的虚无。

10分钟前，在距离黑洞6光分的远方，潜渊号完成了“屋大维”的修复任务。工程机器人为椎体再次切削出微观尺度的尖端，Queen推动着环形的磁透镜，放置在精确计算的位置上。潜渊号伸出三条电缆，分别连接在椎体前方的两个圆环状物体上。

心镜降落在椎体的表面上，几枚固定栓插入地表。心镜注视着瞄准镜，凭借机体的发动机对椎体的瞄准位置进行微调。黑洞大概是他从军生涯中瞄准过的最大目标。绝对不能打偏。也绝对不可能打偏。

“那边情况怎样？”距离约定的发射时间还有71秒，心镜一面瞄准，一面问道。

“镧的识别信号已经消失，高云先生还在战斗。”

“老高，要平安回来啊！”

心镜一声怒吼，扣动了扳机。与此同时，方慧飞速将一段程序输入系统，这次作战成功的关键在于时间。铯原子钟精准地运行着，太空船的托卡马克引擎为两个圆环加上了近十亿伏特的高压。行星尺度椎体尖端的电子被大量拔出，又被加速电场加速至亚光速。巨量电子形成的电脉冲向着黑洞飞去，电量经过了精确的计算。

Jack掠过了飞行轨道中距离黑洞的最近点。高云拉下操作杆，调整后的阿克别瑞引擎的功率瞬间开启到最大，将机体的速度推至0.9999999c。QGP装甲提供着强有力的支撑，弯曲的空间仿佛黑色恶魔张开的双翼，帮助高云逃脱了黑洞的引力漩涡。

1毫秒后，“尼禄”踏入了被Jack大幅弯曲的空间区域。尽管只是短短的一瞬间，它的速度确实降低了。

在黑洞事件视界边缘，几乎“尼禄”被减速的同一时刻，电子脉冲到达了黑洞。黑洞中的正电荷被大量中和，黑洞类型瞬间发生了质的变化，R-N黑洞迅速演化为史瓦西黑洞。根据广义相对论的计算结果，相同质量下，史瓦西黑洞事件视界的尺度大于R-N黑洞。被改变的时空度规以光速扩展开去，增大的事件视界瞬间吞噬了QGP生命。此刻，“尼禄”就仿佛历史上那位残暴的帝王，被脚下的王座送上了断头台。

心镜悬浮在冰冷的太空，焦躁地等待着。

“‘尼禄’的识别信号已消失，20分钟后，Paradox将以0.3倍光速经过此处。”方慧发来战报，“想要与之保持同步，我们必须提前5分钟进入加速状态。啊，请稍等……”方慧突然说道：“心镜先生，黑洞边缘捕捉到来历不明的信号，推测为‘提比略’的残骸。下面我会根据探测器数值为你调整狙击位置，请将激光器功率调至最大。”

“了解。”

Queen微微调整了狙击的角度，将脉冲激光枪的枪口对准了黑洞边缘的一点。激光器放射出肉眼不可见的红外脉冲激光，枪身中集成的液氦循环制冷满功率运转着，为激光器的核心器件降温。

“老高呢？”完成射击后，心镜焦躁地问道。

“下落不明。”

“我要等他！”

10分钟后，高云依旧毫无音讯。

“还没找到老高吗？”心镜几乎喊了出来。

方慧摇摇头：“没有Jack的信号。如果他平安无事，量子纠缠态通信应当能够瞬间连接。”

两分钟过去了，Paradox在视野中已清晰可见。

“不能再等了。”方慧摇摇头，“不知晶体文明的下一波攻击何时会到达，而我们已经失去了王牌Ash系统，必须尽快撤离。”

“我不会丢下老高！”心镜不满地喊道。

“由于无法捕捉信号，我们不知道Jack最终与事件视界接近到了何种程度。”方慧强作冷静地解释道，“也许高云先生归来的时候，我们的主观时间已经过了成千上万年。Queen，立即返航！”

心镜停留在原处一动不动。突然间，他发现驾驶舱内的表盘失去了颜色，他用力拨弄着操作杆，但机体毫无响应。

“抱歉了，心镜先生。”通讯器中传来方慧的声音，“这是Queen的紧急回收模式，只在距离母舰十千米的范围内有效。你将被系统自动带回机甲仓库。”

心镜用力地一拳锤在操作面板上，几个机械旋钮吱吱作响。理性告诉他方慧是正确的，但再次失去战友的痛楚却令他无法自控。

没有人知道那一刻发生了什么。

星域内完全没有任何敌人的踪迹，潜渊号打开了机甲仓库的阀门，Queen在红外激光的牵引下正飞翔在返航途中。就在一瞬间，黑洞边缘闪过一道火花，来源不明的攻击从背部贯穿了Queen，机甲战士如同取出电池的玩具一般，无力地漂浮在虚空中。

方慧站在Ash系统前，凝视着舱体半透明的罩子。舱体中的镧已逐渐有了轮廓，这个“镧”的备份时间远在“摘星行动”启动前，她睁开双眼时，有着海量的信息需要补充。

不要紧，能够将镧复制，已是足够。

飞往虫洞的路漫长而又孤独，就连晶体文明都不见了踪影。想要从地球防卫军的手中逃脱，机会要多少有多少。但方慧并不能这样做，因为早在出发前，她便做好了约定。

“即便如此，我还是希望将这颗宝贝行星打包送还给人类。它是潘多拉魔盒，留在这里太浪费了。”那个人的声音回荡在耳际，“不觉得美丽又丑陋的人类，才和它最般配吗？”

方慧苦笑着摇摇头，离开了Ash系统。方慧清楚，另一个人正在等她，在镧苏醒前，她必须做个了结。

方慧乘上电梯径直来到了机甲仓库。没了机甲的身影，仓库里显得异常空旷。Ace被“尼禄”吞噬，Jack掠过黑洞边缘后不见了踪影，Queen遭受攻击后无法回收，被丢弃在冰冷的宇宙。方慧的瞳孔中透出一丝落寞，继续向前走去。

沿着脚手架向下，方慧来到了机甲仓库角落的方形房间，刷过虹膜信息后，房门自动打了开来。房间内一片漆黑，方慧关紧房门，一屁股坐倒在沙发上。房间中飘散着金属与合成树脂的气味，这味道令她无比心安。在执行“摘星行动”的几天时间内，她必须在时刻保持高度紧张，只有在镧的整备室中才能得到暂时的放松。片刻休憩后，方慧起身来到房间的角落，拉开暗红色的布帘，一面齐身高的穿衣镜露了出来。方慧解开衣襟，冰冷的军装顺着身体滑落。她双手护在胸前，凝视着镜中的自己。

“你好美。”马里奥从背后抱住方慧的腹部，下颌的胡须摩挲着她的脸颊。方慧闭上眼睛，感受着男人混杂着酒精味道的呼吸。

“终于走到这一步了。”彭羽挽着双臂站在墙角，他清清嗓子，强作冷静地移开视线，“喂，那边学生物的！你的眼睛都看直了！”

“我和方慧就像DNA分子缠绕的双螺旋结构，即便不用看，也能感受得到。”祁阳扶扶眼镜走到方慧身边，“放心吧，既然到了最后时刻，我们一定会陪着你走完全程的。”

“都给我正经点！”老兵愤怒地跺着军靴，“要来了！”

话音未落，方慧便抄起身边的匕首，向着黑暗中砍了过去。利刃在距离敌人颈动脉几毫米的位置停了下来，几乎在同一时刻，核铳冰冷的枪口抵在了她的额头上。

“你的习惯还是没改啊，舰长。”黑暗中传来男人的声音。

“不敲门进入女士的房间，你也还是一样的没礼貌呢。”方慧打了个响指，灯光在一瞬间被点亮，两人一动不动地对峙着，宛若一对久经风霜的雕像。方慧嘴角微微上扬：

“你好啊，密室杀人的凶手，高云先生。”

“你好啊，两年前的袭击者，镧。”

14. 真相

“我曾接收到一张存储卡，上面记录了‘bell侦探事务所’遇袭当天的影像。影像中记录了镧的到访，她对我举起了枪。”高云将核铳收回腰间，顺势坐了下来。“然而当天的事实却不是那样的，袭击者根本就没有进过事务所，他在外部进行了爆破，强行撕碎了我精心设计的防御工事。因此，这段影像并不真实。但从拍摄的细节来看，第三者不可能如此完美地模拟拍摄角度，它一定是在原有视频上加工的产物。”

高云的眼中闪过一丝光：“这证明了，在袭击当天，也就是我失去记忆的几天里，袭击者曾经来过。这带来了两种可能性，要么动手脚的人将袭击者的影像替换成了镧，要么，来访者确实是镧，视屏中添加了镧对我举枪的镜头。

“对视频动手脚的人，一定是想要害死你的人。会是伊迪萨吗？她的动机确实足够，却没有必要这样做。她有的是机会将视频直接塞给我，为什么要选择这么蹩脚的方法呢？我也怀疑过心镜，但那个家伙一心只想要找姐姐，不可能在这件事上涉入过深。想来想去，这个人并不在船上。那他是怎样做到远距离操控视频的呢？我想，给我们准备的电脑上，一定被设置了后台程序，当检测到这类文件后，会自动修改为对你不利的内容。在宇宙世纪，这类事情只需简单的人工智能就可以搞定，电子文档反而是最不可信的东西。

“现在问题简单了，我不需要去确定对方具体的手段，因为按照逻辑，视频原本的内容一定是对你有利的。这样推理下去的话，放置存储卡的只可能是你或者镧。既然你们拥有了事务所的影像，我之前提到的两种可能性便只剩下了一种：到访者确实是镧，只不过她并没有对我举枪。

“遇袭后，我被强制注射了纳米机器，加入地球防卫军就是那个袭击者的指示。我一直在思考几个问题：袭击者是怎样找上我的？他为何能够轻而易举突破防线？我是怎样丢失的记忆？对方又为何掌握了我发明的跳舞小人暗号？看到这段影像后，问题又多了一个：对方是怎样搞到这段影像的？

“只需一个假设，就可以解释所有的疑问——有人从暗中帮助了袭击者。我曾经不敢相信这个答案，因为它太荒谬了，但看到这段影像后，我反而更加确信了。”

方慧披上军装，将匕首插在桌上。

“哦？那么到底是什么人，居然有如此的神通呢？”

高云苦笑道：“太简单了，那个人就是我自己。我将袭击事务所的方法、自己无法对女性人工智能下手的弱点告诉了镧，帮助镧制定了计划，又消除了自己三天的记忆。之所以上演这么一出袭击的戏码，是为了让我自己确认，我确实是受到威胁才选择加入地球防卫军的。

“这一切的目的，都是为了在‘摘星行动’中保护方慧。想要参与行动首先必须加入地球防卫军，可入伍时会被检测记忆，虽然军方的检测还没有太高的精度，但如果被发现，一切都完了。所以我以消除记忆的方式欺骗了自己，同时也欺骗了所有人。

“但这样做伴随着相当大的风险。如果消除记忆后的我没能找到真相，反而会与你们为敌。为了确保消除记忆的自己能够相信你们，之前的我一定会留下决定性的证据。不仅仅是容易被修改的视频，而是更加隐蔽的，能够简单说服自己的证据。为了找到这个证据，我曾经紧紧盯着镧不放，却发现她不但没有战斗力，对袭击的事也一无所知。难道我的推理错了吗？

“在坑道中与镧独处时，我终于找到了最后一块拼图。‘卡里古拉’的利刃贯穿了镧的胸膛，那一瞬间我看到了，血。”

方慧笑笑，高云继续推理道：“即便再怎么想把机器人做得逼真，也没有必要准备血浆吧！那一瞬间我突然明白了，那个戴着眼罩、弱小的镧，其实是人类，而表现出强大感知能力和战斗力的舰长，则是如假包换的机器人。这是你设置的一重保险——身份互换。身为制作者的方慧扮演起了机器人，而你却扮演了方慧的角色。”

方慧笑道：“说不定，我真的有让机器人流血的嗜好呢。”

“觉得这个证据还不够有利吗？那么下一个事实你恐怕无法解释。”高云注视着方慧的瞳孔，说道：“在清除‘克劳迪乌斯’的过程中，你沿途遭遇了工程机器人的拦截。如果你是人类，即便主机被控制，它们也无法做出伤害你的事情。我没猜错吧，镧？”

方慧笑笑，她挽起右臂的衣袖，拔出匕首，在自己小臂的皮肤上割开一道环形的刀痕……

没有血。

“在见面之初，镧通过展示机械臂，给人留下了强烈的先入为主的印象。之后，你承担了舰长的责任，方慧却扮演着镧的角色，一直藏在暗处。即便你遭到了暗杀，方慧也依然有机会存活下去。”高云做出了结论。

（作者按：从此处起，文章恢复对“方慧”和“镧”的正确称谓。并且，此处没有叙述性诡计。）

“慧慧有过失去右臂的记忆，这种痛苦还承受得来。”镧扶着自己的机械臂，“她将自己的记忆作为数据全部输入到了我的电子头脑中，我们就好像是镜子的内外的同一个人，只要任何一方能存活下去，‘方慧’的意识便不会消失。只不过我虽然有着与方慧同样的记忆，性格上却有所差异。我有时在想，如果慧慧生就了一副强健的肉体，是否会是我的样子呢？”镧摇摇头，“不说这些了，你要找的证据就在我这里，只可惜一直没有机会交到你的手里。”

镧用力一扯，右臂的硅胶皮肤脱落，露出了包裹其中的机械骨架。那一刻，高云不由自主地站了起来，他目不转睛地盯着老旧的合金手臂，强行抑制住身体的颤抖。

那是钟铃的机械臂。

钟铃的自我意识消失后，高云不顾一切反对，强行留下了钟铃的右臂。他认为这支手臂能够保护他，直至生命的终结。

遭遇袭击后，高云醒来第一件事并不是为自己疗伤或逃跑，而是在废墟中翻找这支机械臂。对他而言，这是比生命还要重要的东西。

但在他人眼里，这不过是一个老旧的零件，不可能有任何价值。既然钟铃的机械臂不见了，那只有一种可能性，就是高云亲手将它交给了别人。为了一个更加重要的目标，高云将钟铃作为了决定性的证据。

“高云先生……”镧直视着高云的瞳孔，“我一直想问，当时的你为什么会不顾一切地帮助我呢？”

“有一台人工智能……”高云苦笑着摇摇头，“忘了它吧。我的推理到此为止。你刚刚指证我是杀死伊迪萨的凶手，你的证据是什么？”

“不仅仅是杀害伊迪萨，你还亲手导演了自己被手枪击中的戏码。”镧抬起机械臂，轻轻触碰高云绑着绷带的左肩，“我说的没错吧，‘原本的’高云先生？”

“在分析伊迪萨的死因时，我们都陷入了思维的盲区。从表面看，伊迪萨只可能是自杀，或者是被某人操作智能机器人杀害，在手段上不存在另外的可能性。”镧推理道，“然而，事实真的如此吗？在整个过程中一个人的存在被习惯性忽略了，那就是你，高云先生。”

高云笑道：“我当时在执行危险度最高的潜入任务，难道你认为驾驶Jack的并不我，而是其他的什么人吗？”

“不。驾驶Jack的是你，杀死伊迪萨的也是你，这两者并不矛盾。”镧微微一笑，“我在分析录像时发现，太空船内摄像机被破坏的顺序是实验室、电梯、机甲仓库、餐厅和四间客房。不难想象，犯人从实验室出发，乘坐电梯来到机甲仓库，将机甲仓库的部分摄像机破坏后再次乘坐电梯来到一层，经由餐厅来到客房。这里存在两个疑问：其一，从路线看，犯人的目的地是客房。既然如此，他为何不直接乘坐电梯来到一层，而要多此一举地破坏机甲仓库的摄像机？其二，实验室只有一个入口，犯人是何时、以怎样的方式潜入的？

“如果没有人提前潜入实验室，就不会有人以实验室为起点破坏摄像机，但如果有人提前潜入，就一定会被摄像机拍到。这表面看是一个悖论，却指向了唯一的解释：Ash系统在我们没有察觉时工作了，这样实验室中就会凭空产生一个人，他就是破坏摄像机的人。摄像机并没有装配在实验室内部，他想要破坏入口处的摄像机并不困难。”

“喂，这个玩笑开大了吧！”高云举起双手，“只有战死才会被Ash系统复活，你比任何人都更加清楚不是吗？想要复制自己，要么通过假死骗过系统，要么更改系统设定，这两点我全都做不到。按照你的推理，伊迪萨自杀才更合乎逻辑吧？”

“我确实也这样想过，但你同样可以做到。”镧继续推理道，“在执行作战任务期间，Jack曾经接近黑洞边缘，那段时间你和舰桥失去了联系，Ash系统的计时也被暂停，那时距离下次信号检索还有4分15秒。在通信重新建立后，你报告主观时间经过了8分33秒，因此你体内的纳米机器已在4分18秒前发射过一次信号。于是我将Ash系统也进行了相应的调整，会在5分32秒后再次检索信号。

“这为你瞒过计时系统提供了条件。你并没有按照预设的轨迹飞行，而是在距离事件视界更远一些的地方突破了晶体文明的包围圈。你只要大概控制飞行时间——例如令主观时间经过12分钟，这样一来，体内纳米机器下一次发射信号就不是5分32秒后，而是8分钟后。5分32秒后Ash系统检索不到信号，于是启动备份，复制出了另一个你。此时此刻，另一位高云先生驾驶Jack消失在了黑洞边缘，与我们相隔了千万年的时间。”

“你太高看我了。”高云笑道，“我在Jack远离太空船前逃脱，再借助氧气储备返了回来，仅此而已。”

“确实存在这样的可能性，但另一个事实高云先生恐怕无法解释。”镧毫不动摇地回应道，“‘卡里古拉’一战后，你曾在舰桥上与我闲聊，但几乎在同一时间，心镜先生却在超大型阿克别瑞引擎的仓库中也遇到了你。你走后不久慧慧便收到了心镜先生的报告，仓库内的炸弹已拆除完毕。”

“这个坏事的家伙……”高云苦笑道，“你又怎样解释那个诡异的案发现场呢？”

“这就回到了第一个疑问。你被Ash系统复制后，为何不直接前往寝室，而要周转去破坏机甲仓库的监视摄像？这看似不合理的行为，其实是在为杀害伊迪萨做铺垫。你想要让大家主观地认为，伊迪萨是被杀死后，再被Ash系统复制的。实现这一目的前提，就是决不能被监视摄像拍摄下同时存在两个伊迪萨的画面，因此有必要将所有的监视摄像破坏。”

高云脸上戏谑的表情渐渐消失，镧的推理已经接近了真相的边缘。

“如果我们将‘原本的’的伊迪萨称为1号，‘被复制出的’伊迪萨称为2号，通常来讲，只有在1号死亡后，2号才能够被Ash系统复制。但实际上，被杀死的是2号，1号为了掩饰自己没有吞下胶囊的事实，不得不主动配合凶手，装作自己是2号。”

高云反驳道：“不吞下胶囊，纳米机器就无法准确地反馈生命体征，Ash系统也就没了意义。事实上伊迪萨确实被Ash系统复制了，你怎么解释？”

“伊迪萨并没有吞下胶囊，而是将它藏在了自己的房间内。这样一来，除非有人破坏胶囊，否则即便伊迪萨战死，Ash系统也不会启动复制。你正是利用了这一点。你发现了伊迪萨房间里的胶囊，并破坏了它，从而令Ash系统复制出另一个伊迪萨。证据便是伊迪萨的房间被破坏得面目全非，你这样做的目的之一，便是用来掩饰真正想要破坏的东西。”

“战场的情形千变万化，我实在想不出伊迪萨这样做的理由。”高云不动声色地还击道，“她拒绝吞下胶囊的动机是什么？”

“既然Ash系统是执行任务的需要，能让伊迪萨抗拒吞下胶囊的，同样也只有任务。此次‘摘星行动’的执行情况，始终在地球防卫军高层的监视下，而监视九千万光年远方的方法，就是伊迪萨体内的军方的量子纠缠态通信设备。我要伊迪萨吞下胶囊时，她之所以犹豫，是因为她体内已经有了通信设备。而按我的解释，通信设备彼此之间会互相干扰。可惜的是，伊迪萨并不清楚那只是监测她生命信号的纳米机器，一旦确认死亡，我们在通过虫洞时便会受到军队炮火的洗礼。如果伊迪萨意识到这一点，哪怕是为了保护心爱的弟弟，也不会那么轻易就死掉吧！”

高云叹气道：“所以你才利用暗号提醒我，伊迪萨不能死。我偷偷检查了每一个人的房间，当发现伊迪萨没有吞下纳米胶囊时，着实吓了一跳。战场变幻莫测，即便她不会直接参与战斗，谁能保证百分百生还呢？我必须找到一个方法，逼她吞下胶囊，接受Ash系统。我杀死伊迪萨的复制体，是想告诉她，在‘摘星行动’完成前，她也随时面临着死亡的风险。”

镧靠在墙壁上，继续说道：“经由Ash系统‘诞生’后，你从实验室出发，沿途破坏了电梯、机甲仓库、餐厅的监视摄像。为了掩人耳目，在潜入伊迪萨的房间前，你将其他三个房间的监视摄像也全部破坏。之后你潜入伊迪萨的房间，破坏了监视摄像，又找到了她的配枪和藏匿的胶囊，在破坏胶囊的同时，你用配枪在房间内一通乱射，借此制造出打斗的痕迹。

“完成在伊迪萨房间的工作后，你带着偷来的子弹快速返回了实验室。由于沿途的监视摄像已经破坏，你可以快速奔跑，全程只需两到三分钟。在这段时间内Ash系统并无法完成复制作业，当你赶回实验室时，2号伊迪萨的复制还在进行。你将子弹丢在了2号即将诞生的位置，因此当她诞生时，体内便有了一枚子弹。

“2号诞生后自然是一头雾水，在她的记忆中自己并没有吞下胶囊，因此不存在被复制的可能性。这时她的第一想法，一定是尽快赶回房间，确认胶囊是否被破坏。2号一路返回房间，却在途中发现了身体的异样，证据是电梯中的血迹，如果进行基因鉴定，很容易便能够确认它们来自伊迪萨。子弹恰好卡在主静脉上应当是个意外，你原本的目的是将2号引诱到寝室，再借机杀死虚弱的她，但现在你甚至不用浪费任何力气，2号来到房间时已濒临死亡，还主动锁上房门，制作出了密室的假象。之后你刻意引发了警报，由于当时只有我和1号在太空船上，外出巡逻的一定会是1号。这样一来，你便完成了全部的诡计。你抓住了伊迪萨任务至上的心理，为了保证大家的心绪不受干扰，她一定会配合你完成这出戏码。”

“每个人的房间都有密码锁，你不会忘了吧？我可没有心镜那种黑客技术，在不破坏门锁的前提下潜入。”

“太简单了，你只需观察每人输入密码时的动作，就能够识别出密码。”

高云最后的反击被对方轻而易举地化解。镧走到高云面前，触摸着男人的脸颊：“如果说第一个密室你成功了的话，第二个密室就是彻头彻尾的失败。现在有了两个你，为了保证自己的生存，你也想要多设置一重保险。你选择的方法，就是再一次欺骗Ash系统，复制出一台Jack。”

高云的脸上渐渐没了笑容，镧继续说道：“因为没有机会再接近黑洞了，Paradox的核心便成了你唯一的选择。‘克劳迪乌斯’的袭击为你提供了完美的机会，你装作Jack被控制的样子，一头钻入了Paradox的内部。只是你没有想到，由于你的离场，Ash装置被毁，伊迪萨永远也无法复活了。

“你的诡计其实很容易拆穿，仔细想想就能明白，为何Jack和

Queen被控制，Ace却平安无事呢？其实三台机体都被‘克劳迪乌斯’入侵了，Jack和Ace在‘提比略’一战中损毁，被复制出的它们摆脱了石墨烯的附着，因此被控制的只有Queen。

“为了增强诡计的真实性，你设计了另一个密室。Jack的驾驶舱内只有你自己，却被子弹从后方击中。这是怎么做到的？关键就在于，所谓的‘密室’是跟随Jack一起移动的。Jack的速度可以轻而易举超越子弹，你可以先开枪，再加速绕到子弹前方，减速时子弹就可以从后方射入。记得飞机刚刚发明之时，有一名飞行员在空中抓住一只虫子，仔细一看却是子弹，这就是相对速度的美妙。我说得没错吧？”

高云叹气道：“你清理掉潜渊号上的石墨烯后，我主观地认为，这是最好的机会。为了上演这一出戏，整个任务期间我都没有回应任何呼叫。这确实是我的责任，我必须为伊迪萨的死负责。既然事已至此，不如……”

突然间，镧夺过高云的核铳，抵住了他的额头。

“你看错我们了，高云先生。”镧的语调冷冷的，“我们是被逼入了绝境的狼，心镜和伊迪萨已死，为了活命，我不在乎干掉你。”

高云站起身来，用胸腔抵住枪口：“不，你不会。我杀死伊迪萨，是为了确保她活下来，你击坠心镜也是基于同样的目的。”

镧笑笑：“我击坠了心镜？你在开玩笑吗？当时潜渊号在

Queen的正前方，它却受到了来自后方的攻击。Jack和Ace都不在了，这只可能是一次意料之外的敌袭。”

“你做得到。”高云斩钉截铁地答道，“在Jack和‘尼禄’消失后，你声称黑洞附近捕捉到了敌人，并指挥Queen进行了狙击。正是这次攻击，要了心镜的命。”

“Queen的攻击怎么可能打中了自己？”

“引力透镜。”高云解释道，“如果以特殊的角度像黑洞发射光线，光线经引力弯折后能够回到原处。你指挥心镜调整狙击角度，是为了令引力透镜的反射能够成立。你强制夺取了Queen的操作权，是因为早已计算好了光线折返的时间，只有这样做才能保证Queen被自己的攻击命中。”

镧的手指渐渐向扳机移动：“就算如此吧。我只不过是想将Dust小队杀光而已，这样才能逃出生天。”

高云伸出一只手，轻轻抚摸着镧的脖颈，肌肤暖暖的，触感与人类毫无二致。他说道：“晶体文明的目标是Paradox，而不是人类。只要将这个星球带走，九千万光年外的此处反而是最安全的地方。你将心镜留在这里，是将最大的生的希望给了他。你太善良了，善良到与你拥有的智慧不相匹配。”

镧将枪口在高云的胸腔上摩挲着：“你知道吗，高云先生，我的智慧并不是自己的。在研制量子纠缠态设备的过程中，我偶然发现，可以利用它窃取别人的记忆。我先后窃取了五个人的记忆，并利用他们的智慧爬上了顶峰。直到由于贪婪窃取了黑川的记忆，我才发现，自己得到了并不该得到的东西。那是六百年的黑暗，从那时起，我的大脑再也承受不起更多的记忆。我并没有你说的那么了不起，我只是……”

“你选择了‘摘星’，甚至想要死在这里，因为这才是你的生命发出的声音。”高云握住镧的枪铳，“你是一个纯粹的探索者，纯粹到没有一丝瑕疵。你体内的那些灵魂，包括黑川在内，一定也是受到了你的感召，才如此乐在其中吧。难道你没有发现吗？即便面对着晶体文明这么强大的敌人，你也始终在笑着，因为你看到了自然造物的美妙。与此同时，你的善良又令自己无法独享这份快乐，所以你才希望把Paradox送给人类。”

镧迟疑片刻，缓缓说道：“你不觉得，一定有更了不起的人类，他们一定可以……”

“去他的了不起吧！”高云一把躲过核铳，扔在地上，“我们的目的已经达到了，方慧马上就会复活了吧，我们一起进入Paradox内部，从此无论是人类还是晶体文明，都与我们再无关系！”

就在这时，一道全息屏弹了出来，方慧的脸出现在影像中。

“镧吗？你果然在这里，还有高云先生。”看到荧幕另一边的画面，方慧松了口气。

“慧慧，你能复活太好了。”镧立即跑到荧幕旁，“了解目前的情况了吗？”

方慧点点头：“多亏你留下的资料，大致了解了。不过，我们恐怕回不去银河系了。”

镧和高云吃了一惊，方慧将太空中的景象投影了出来：在原本虫洞的位置，点燃了一颗新的恒星。恒星喷射出滔天的火舌，擦过周边的小行星时，放射出亮度甚至超过恒星的光芒。

“我刚刚观测了电子湮灭能谱，它就是晶体文明最后的拦路虎‘加尔巴’，一颗反物质恒星。”

5i. 方慧的记忆之“我”

方慧重重摔在地上，湿滑的地面沾湿了双手和脸颊。冰冷的雨滴落在头上、身上，很快串成一道道水流，浸湿了衣物下的每一寸肌肤。方慧撑起身子，世界向外延伸成一帧黑白的画面，脚下恣意生长的野草连成一片灰黑的毯子，向着无穷处蔓延。地面升起一条条煞白的闪电，笔直向上贯穿天穹。

在瓢泼而下的冷雨中，方慧踉跄着步子，继续前进着。

“够了吧。看看你自己，都成了什么样子？”

耳边响起主管的声音。方慧回过头去，看到他的全身同样浸满了雨水与泥泞，却一直紧紧跟在她的身后。方慧没有理会他，再次迈开步子。

“你努力到今天，只是为了证明‘方慧’这个存在的意义，不是吗？”

刺耳的声音再次响起，方慧终于停下脚步，主管脸上挂着讥笑，继续说道：“说来说去，还是我最了解你。你逼死了我，但你清楚，做到这一点的并不是你，而是我的记忆。为了证明自己，你拼命要完成量子纠缠态复制技术，并为此盗取了更多人的记忆。在成功的那一天，你却突然发现，做到这一切的依然不是‘方慧’，而是你脑中的其他人。”

“你闭嘴。”方慧低吼，声音完全被雨声吞没。

“我说错什么了？”主管迈着滑稽的步子走到她面前，“你为了证明自我的价值不断向上探求，又在探求的过程中不停地索取他人的记忆。但你越是这么做，便越是证明了‘方慧’的无能。说到底，你只是个容器而已，而‘方慧’这个存在不过是容器中的渣滓。你比任何人都更清楚这一点，因此你对自己产生了无与伦比的厌恶，但你却无法停下来，唯有如此，你才能继续欺骗自己，来追寻那名为自爱的幻影！”

“不是这样的！”方慧奋力怒吼着，一道闪电自地面升腾而起，将天空渲染成纯白。“金钱？权利？记忆障碍？物理学还是生物学？寻找自我还是迷失自我？有那么复杂吗？”方慧揪住主管的衣领，“也许和你们相比，我不过是个半吊子，但世界就在那里，所以我无法停下脚步！这很难理解吗？”

主管的嘴角露出一丝惨笑：“早这样不就对了吗。”

“哎？”

“知道从顶层跳下时我在想什么吗？我在想，终于可以结束这讨厌的一生了。我最初也是单纯地为了追求知识与技术，才踏上了这条道路，只是不知从何时起走偏了。想要矫正错误的模型，必须全部拆掉重来。我居然是如此讨厌自己，直到面临死亡，我才领会到这一点。”

慢慢地，暴雨停息下来，迎面吹来的风不再凛冽刺骨，反而夹杂着一股泥土的气息。灰色的天空晃开一道缝隙，一缕阳光直射而下，为灰白的雨滴染上一丝光彩。

“我虽然无法记住你，你却将我带到了更加广阔的天地。”马里奥自光彩中走出，“谢谢你，我爱你。”

“要知道，现实中的我和祁阳是死对头。”彭羽挠挠头，“怎么说呢……我其实很欣赏他，也很想和他合作，但碍于身份和地位，这恐怕是永远也无法实现的事情了。”

“在你的头脑里，我和彭羽居然可以毫无顾忌地嬉笑打闹。这真是想都不敢想的事情。”祁阳仰视着明亮的天空，“因为你给了我们共同的目标，为了探索这个世界，那些小情绪又算什么呢？”

“丫头，知道我经常在想什么吗？”老兵自身后走来，将手搭在方慧肩上，“在你的意识里，我算个异类，因为我无法为你提供任何知识。”

方慧微笑道：“哪儿的话，和人类相处，才是最伟大的知识呢。”

老兵大笑两声：“狗头军师吗？这个角色挺适合我呢！”

光线愈加明亮起来，大家在雾霭中渐渐消失不见。透过氤氲的白光，方慧瞥见机械企鹅坐在一只木椅上，怀中抱着锈迹斑驳的弗拉门戈吉他，笨拙的上肢扫着琴弦。随着琴声的指引，她走到了光的影中……

那一瞬间，她回到了空旷的剧场，镁光灯将光线投射在她的脸上，眼睛一阵刺痛。身后的大荧幕上闪烁出密密麻麻的cast，机械企鹅弹奏着吉他，在它洋铁皮的躯壳内，传来一支旋律简洁的民谣：

半吊子幸福，半吊子悲伤；
半吊子执拗，半吊子迷茫；
半吊子自私，半吊子善良。
多少次想要自由的灵魂，
却在现实面前折起翅膀。
多少次想要转身离去，
却为了微不足道的温暖，
迎着更大的叹息逆流向上。
多少次想要做个混账，
可仅仅握住拳头，
就感到手在颤抖，
像个要逃回妈妈怀抱的孩子一样。
多少次想要痛哭，
可就连眼泪也在背叛，
半吊子干涸，半吊子流淌。

迎着阳光，

我就像被丢弃的玩具小丑，

半吊子存在，半吊子死亡。

方慧默默走到企鹅身旁坐下，衣物不知何时已没了水气，周身暖洋洋的。企鹅停下手中的吉他，空洞的双眼凝视着黑白的荧幕，问道：

“回来了？”

“嗯。”

“回来就好。”

方慧沉默片刻，问道：“这就是你的深渊吗？”

“皮毛而已。”洋铁皮中传来遥远的声音，“六百年的黑暗，怎可能如此肤浅。”

方慧笑笑：“还不够啊。”

“你说什么？”

“你的故事，始于561年前的一次空难。在那次空难中，你的时间停滞了。你利用自己近乎永恒的生命，一手创立起了地球防卫军。但在漫长的生命中，你变得封闭而又脆弱。你不允许任何人触碰你的秘密，所以在得知我获取了你的记忆时，才会想要暗杀我。

“但这样还不够啊。控制着庞大的军队，权倾一方，这样的你距离当初的目标更近了吗？你想要得知那次空难的真相吧，你想要回到那个世界停滞的时刻吧，那就去探索啊，去追求啊！难道仅仅六百年的岁月，就把你的决心磨灭了吗？”

“哼……”企鹅发出一声冷笑，“你还真敢说啊。”

“我也曾迷失过、彷徨过。在被强迫参加实验的那天，我第一次体会到，有另外的什么介入了‘我’的存在。婴儿降生之初，最先建立的概念便是‘我’与‘非我’，而别人记忆的介入却再次模糊了‘我’的概念。在读着其他人生的同时，我变得无法分辨哪些属于自己，哪些属于他人。我很害怕。于是我不断索取新的记忆，我认为只有不断扩充‘我’的范围，才能稀释其他回忆带来的冲击，并剥离出‘我’的存在。但我失败了。混沌只是愈加扩大，却从未产生秩序。我甚至慢慢感觉到，混沌本身已替代了‘我’，成了我赖以为生的基础。直到有一天，我看到了光。”

“光？”

“那就是你，黑川。六百年的记忆，面对庞大到能将自己吞噬的信息量时，头脑中的那些信息却前所未有地安静下来。我仿佛站在了更高的维度，俯看着世界的全貌。去探索吧，第一个声音告诉我，继而所有声音都在赞同。面对着六百年的黑暗深渊，他们终于剥离了污秽，以最真实的面貌面对未知的世界。那一刻我方才发现，追求更高的地位，追求更安全的场所，追求更完整的自我，这些都不过是理由、是借口罢了。”

方慧取过企鹅手中的吉他，生疏地扫出几个和弦。

“我想要去探索，所以我去了，就是如此简单。接下来我会深入宇宙的更深处，深入Paradox内部无限的空间，那时你也会发现，六百年的黑暗，根本不算什么。”

方慧将吉他扔在一旁，站起身来，向着企鹅伸出手：

“一起来吗？”

长长的字幕走到尽头，荧幕中出现一轮黑色的上弦月。在墨色的月光下，机械企鹅的四肢无力地垂下，好似发条耗尽的玩偶。一丝光亮在黑月中心闪过，继而向着四周扩散溢出，碎裂成细碎的雪花，在灰暗的天空中缓缓落下。

方慧发现自己站在一片废墟中，一个男人捂着受伤的手臂，无力地靠在焦黑的墙壁上。方慧走上前去，握住男人的手，说道：

“你就是我的搭档吗？来吧，一起去看看这个美丽的世界！”

男人抬起头，空洞的双眼中渐渐有了神采。

15. 与一颗恒星为敌

反物质恒星喷吐出巨大的火舌，那是相当于几个地球体积的等离子风暴。炽热的巨浪扫过沿途的小行星，放射出的光芒照亮了整片星域。

在“摘星行动”短短数日的时间里，晶体文明汇集了高达1030千克以上的反物质，创造出一颗与太阳体积相当的恒星。这颗被命名为“加尔巴”的反物质恒星同样拥有着自我意识，它将连接此处与银河系的虫洞包裹在其核心，形成了拦截人类的最后一道城墙。

一道不可攻破的城墙。

“开启阿克别瑞引擎，在空间曲率的保护下冲过去如何？”高云提议。

“潜渊号连行星体积的‘提比略’都对付不来，那可是太阳大小的敌人。”方慧立即否定了特种兵的战术，她打开了太空船的控制界面，“就算加上Paradox上的引擎在黑洞边缘采集的能量，我们恐怕连恒星的光球层都无法到达，就会化作一束光。”

镧补充解释道：“电子与正电子可以作为整体湮灭，质子和中子湮灭的基本单位则是夸克。一颗反物质恒星能够提供足量的正电子与反氦核，它们可以同任何常规的原子物质湮灭，如果贸然触碰，我们会在一瞬间按照质能方程转化为能量。”她无可奈何地笑笑，“唯一值得庆幸的是，那将是世界上最为壮烈的死法。”

突然间警报响起，穹顶红色的警示灯高频闪烁起来。方慧迅速调整了监视器的视野，三人看到“加尔巴”的表层在同一时间喷射出几十道灼热的日珥，从不同角度向着潜渊号和Paradox袭来！

“镧，迅速停止前进！”方慧一面大喊，一面在键盘上飞速地输入。镧立即冲到舰长席，握住了主控制杆。潜渊号同Paradox一起急刹车，在几分钟的时间内将与“加尔巴”的相对速度从亚光速降至零。

“降落地表！它们的目标是Paradox，破坏戴森球可能导致入口永远消失！”方慧迅速下令。

太空船的逆向推进器被开至最大功率，舰船表面与行星大气层摩擦，迸出一团团红色的火焰。高云仰视穹顶，反物质恒星的日珥如同章鱼的触手一般，完美的绕开了Paradox所在星域，在太空中渐渐扩散、彼此融合，在不到10分钟的时间内，形成了一层半径一百万千米的反物质等离子球壳。此刻的Paradox地表上，任何地点、任何时间都是白昼，不时有逃逸的高能反物质粒子进入大气层，与外层大气分子湮灭，留下一道肉眼可见的亮线。

“乖乖，这是要把我们困死在里面吗？”高云感慨道。他此刻反而无法感受到紧张或恐惧，因为与一颗恒星为敌这种事情，简直夸张到毫无真实感的地步。

“慧慧，现在我们恐怕只剩下一条路了。”镧站起身来，直视着Paradox地表的大峡谷。

方慧苦笑道：“也许早了点儿，但……这就是我们的极限吧，人类文明的极限。”她回头看看高云，“抱歉，将高云先生也卷了进来。”

高云微笑着叹口气：“我早就提议如此，只是镧那个顽固的家伙不听劝。”

方慧与镧对视，两人不约而同地点点头。方慧深吸一口气，下令道：

“潜渊号，最后一次启航，目标Paradox内部！”

奇迹的幕布缓缓铺开。变换的色彩仿佛幽灵一般，毫不顾忌地闯入了舰桥，在眼前勾勒出迷幻的投影。下一刻，高云又仿佛看到了无数的自己，如同整齐排列的晶格，一直延伸至空间的无限远处。高云试着抬起手臂，无数个自己也重复出相同的动作，而在手指触碰到幻彩的瞬间，一切却如同镜子般碎裂，只留下细碎的光点和虚无的黑暗。这种感觉高云并不陌生，同钟铃执行最后一次任务时，见到那位神秘的白衣少女之前，他有过类似的体验。

四周骤然明亮起来，如同神明播下了火种。前方迎接的会是什么？另一片遥远的星空？漂泊的文明残骸？还是如同切片般被串联的人类历史？就在这时，高云听到了镧的声音。

“慧慧，这是……”镧的声音有些惊慌，“这里居然捕捉到了晶体文明的信号！”

“按照信号的指示前进！”方慧立即下令。

就在这时，前方的光亮海啸一般地喷涌而出，整个空间被染上了无垢的纯白。几秒钟后，创世纪的光芒散去，进入高云视野的是——低矮的灌木。安静的溪流。错落有致的房屋。路边铺着鹅卵石的坡道。潜渊号不知何时悬停在了一座小镇的上方，如同乌云般为小镇投下一道阴影。这里是一座在人类看来，平淡无奇的小镇。

“镧，晶体文明的信号呢？”方慧依然冷静地做着分析，语气中却难掩惊讶之情。镧一面环视四周，一面观测着面前的谱图：“就在这里，只是……”

“先找个空地降落吧。”

小镇里并没有宽阔到能够容纳潜渊号的空间，镧将体积庞大的太空船停在距离小镇数公里的山丘上，三人驾驶着小型飞行器向小镇进发。

“空气成分，氮气74%，氧气25%，没有对人体有害的气体。”镧读出了探测设备上的数据，“重力0.99g，空间中不存在有害辐射……”

方慧打开了飞行器的天窗，一阵舒适的风吹了进来，夹杂着植被和泥土的气味。高云感觉有些恍惚，他不敢相信就在一小时前，自己还位于距离银河系九千万光年的远方，面对一颗有着自我意识的反物质恒星。

走在狭窄的柏油路上，推开房间的木门，徘徊于超市的货架间。这些日常生活中司空见惯的事情，对高云而言是如此的遥远。他坐在一间凉亭里，听着稀疏的虫鸣，任凭潮湿的风拍打在脸上。想起11岁那年同钟铃到过一颗以旅游主打的行星上办案，傍晚高云一个人逃了出来，在街道疯逛了三小时后，躲在公园的凉亭睡着了。第二天被钟铃找到时，他奇迹般地没有挨骂。

不久后，三人在小镇中心的广场集合，彼此交换情报。他们的结论出人意料得一致：这座小镇的生活设施一应俱全，却一个人都没有。

“这究竟是怎么回事？”镧抬起头，仰望着无云的天空，“简直就像是为我们量身打造的一般，这是陷阱吗？或者干脆是幻觉？”

“即便我们会产生幻觉，镧你也不应该会有啊！”方慧提醒道。

“好啦，慧慧真是没有幽默感。”镧叹气道，“现在怎么办？”

“既来之则安之。”方慧笑笑，“从行动开始我们的弦就没有松过吧，反正现在什么也做不了，不如先休息一下。”

三人找了一间条件看起来不错的房子住了下来。出人意料地，近乎百事通的方慧却对烹饪一窍不通，于是高云担任起了主厨的责任。他去超市取来了食材，烹制出一桌还算丰盛的饭菜。身为警官的钟铃自然不会去研究厨艺，从儿时起，高云的五脏庙便全靠自己打理。高云做饭期间，方慧和镧一直盯着电脑屏幕，忙碌地测试着什么。

“镧，你需要补充能源吗？”高云一面分着锅里的浓汤，一面问道。

“我是核动力的，运转上几万年没问题。”

“那整备室里的充电桩……”

“既然想掩人耳目，就要做得逼真些。”镧坏笑道。

直到高云百无聊赖地睡下，方慧和镧的研究也没有得出任何结论。

空中并没有恒星，小镇却有着昼夜更替，时间为精准的24小时。天还没亮高云便爬了起来，在弗雷德星特训时，此刻正是晨练的时间。方慧与镧还在休息，高云披上夹克，准备去采集早餐的食材。

突然，他发现有些不对劲。

昨天的餐具并没有洗，当时是一起堆在洗碗池里，此刻却完全回归了原位。高云并不认为镧或方慧会主动做完这些家务，他取过炊具仔细查看，上面完全没有使用过的痕迹。

一股不祥之感蹿上大脑，高云匆忙冲到院子里，他们乘坐的小型飞行器果然不见了痕迹。他匆忙攀上屋顶，取出望远镜，当看到小镇远处潜渊号硕大的身影时，终于松了口气。

方慧与镧还在房间里，飞行器一定是其他人开走的。但他开走飞行器的目的是什么？又为何要帮忙收拾餐具？昨天三人将小镇翻了个底朝天，明明没有看到任何人。

突然间，高云捕捉到一种可能性，一种看起来荒谬至极的可能性。但在“摘星行动”期间，他学会了去相信任何可能性。

高云三步并作两步地跑去超市，在货架上翻找起来。没用多久，他便看到了昨天取走的食材，正完好如初地放在货架上。

镧张开双眼时，发现高云不见了踪影。她很喜欢方慧设计的睡眠功能，尽管冗余数据的清理根本用不到数小时之久，这种模拟人类的功能却能让她的心情变得舒畅。来到院子里，发现飞行器也不见了踪影。

就在这时，上空吹来一阵劲风，将镧未经梳理的茶色头发吹得愈加凌乱。在隆隆的引擎声中，高云驾驶着飞行器降落在镧的身边。

“去探险了吗？”镧问道。

“啊，算是吧。”高云跳出驾驶舱，“准确地说，是去将飞行器开了回来。”

镧皱皱眉头：“开回来？有人开走了它吗？”

高云拍了拍飞行器的外壳：“飞行器回到了太空船的仓库里，超市里的食材又生长了出来，用过的餐具自动归位。我不知道有没有专业术语描述这种现象，但是——小镇的一切，除了我们三人，都被重置了。”

叫醒方慧后，三人一同分析了现状。

“晶体文明的识别信号呢？”方慧问镧。

“还在。”

“难道是它们困住了我们？”方慧若有所思，“看来不能悠闲地待在这里了，必须尝试突破。不过在此之前……”

“怎么？”

“先吃饭。”

看样子在扮演镧期间，方慧积攒了一年份的食欲。

潜渊号在小镇缓缓升起，强劲的气流将树木吹得七扭八歪。推进器喷射出高温的等离子体，瞬间为太空船赋予了几倍于音速的初速度。小镇在视野中很快便消失了，迎接众人的是近乎全空的空间。

“慧慧，现在的航速是多少？”舰长席上的镧问道。

“接近0.45c，航行距离103光分。”方慧紧盯着仪表盘，“晶体文明的信号呢？”

“还在。”

高云透过观景窗看着外部一片明亮的空间，不解道：“明明一颗恒星都没有，这些照明是哪里来的？”

方慧笑道：“更加难以置信的是，我们已经飞过了大约虫洞到黑洞一半的距离，却还在Paradox内部。”她深吸一口气，“镧，开启阿克别瑞引擎！”

太空船将前方的空间如同丝绸一般卷曲，化作一道光冲了出去。观景窗外的景色没有丝毫变化，甚至没有见到高速航行产生的多普勒效应。方慧解释说，这是由于外围空间的照明光在全波段均匀分布。

不知过了多久，正当高云百无聊赖地躺在皮椅中险些睡着时，太空船一个急刹车，巨大的惯性险些将他甩了出去。

“镧，发生了什么？”方慧也被急刹车晃得够呛，好不容易稳住身子。

“捕捉到瞬间的电脉冲信号……就像遇到‘克劳迪乌斯’那时一样！”镧紧盯着眼前的电流曲线，可还没等她进一步解释，便被高云的一声惊呼打断：

“快看！”

两人顺着高云手指的方向看去，在潜渊号的正前方，漂浮着一座一模一样的小镇。

方慧检查了路程计，太空船刚好飞过了10光年的距离。镧最初质疑这里的空间是首尾相接的环形，但随着太空船向小镇的靠近，她的疑虑在瞬间就被打消了——在小镇外围，停泊着一艘一模一样的潜渊号。

三人将太空船紧贴着另一艘太空船停好，乘坐小型飞行器在半空俯看着两艘一模一样的潜渊号。

“猜猜看，那艘船里有没有另一组我们？”高云取出核铳握在手中。

三小时后，三人再次汇合。这次的结论是，无论是另一艘潜渊号上，还是小镇里，都空无一人。

“这究竟怎么回事？是什么恶劣的玩笑吗？”高云焦躁地甩着胳膊，“我可是一点儿都不觉得好笑！”

“继续航行！”方慧下令道。

那一天，他们飞过了670光年的距离，结论是每隔10光年就会出现一座一模一样的小镇，那里停着一艘一模一样的潜渊号，但空无一人。

“我投降了！”方慧仰在皮椅中，露出前所未有的疲态，“高云先生，还能麻烦你准备晚饭吗？”

高云早就在等这句话了。

第三天清晨，高云爬上高处瞭望，小镇外“理所当然”地只停了一艘太空船。

“燃料几乎是满的，我们昨天航行的痕迹被彻底抹去了。”方慧发泄地捶着仪表盘，“如果这是某个文明的杰作，我愿意奉他们为神明！”

接下来的三天里，三人只是驾驶着潜渊号，向着不同的方向不停地飞行、飞行、飞行。小镇的结构如同三维的立方晶格，在一座小镇的前后左右上下六个方向，都坐落着一座一模一样的小镇。

第六天，方慧放弃了飞行。那天她什么也没做，甚至没有打开电脑，只是躺在床上发呆。直到午饭的香气飘来，她才稍稍挪动了身子。

第七天，镧对晶体文明的追踪有了结果。

“如果将这里的空间比作立方晶格的话……”镧在纸上画出了堆砌的立方体，“小镇位于晶胞的正中心，每一个晶胞的边界，都有着一层石墨烯单分子层。无限大的二维晶体，就是它的真身。”

高云挠挠头：“如果小镇的数量是无限的话，万有引力不会将它们拉到一起吗？”

“问得好。”镧笑笑，“在二维晶体所在区域，有一层准二维的无重力区域，厚度大约1纳米，另外两个方向延伸至无穷远处。这层无重力区域隔绝了小镇之间的引力，令整个空间的力学结构达到平衡。”

“不妨这样设想，paradox内部的空间连接到了某个无限的平行宇宙，那个宇宙的无限文明，创造了这个空间。”方慧大字仰在床上，“先于我们进入的晶体文明与这个文明达成妥协，进化出了无限的形态。”

“会不会这里的无限二维晶体才是晶体文明的核心呢？”镧疑问道，“所以它们才能在我们的宇宙创造出QGP生命体和反物质恒星那样的东西。”

“这样说的话，这里的无限二维晶体就是帝国的奠基者了，应当叫它‘凯撒’才对。”方慧拍了拍松软的枕头，“既然大帝背后那位神明为我们准备了舒适的生活，我们就只有享受了！”

高云想到自己小时的名号，强忍住没笑出来。

高云本以为方慧会消沉一段时间，没想到第二天她便又打起了十二分精神，全神贯注地投入了研究。

“多么完美的能带结构啊！”方慧盯着荧幕上的角分辨光电子能谱图叹气道，“物理学中晶体的无限周期性结构只是假设，现在就有一块如假包换的无限晶体摆在我们面前！”

高云问道：“把它扯坏，我们能不能回到原来的空间呢？”

“它的体积是无穷大，无论我们怎么破坏，相对于整体的损坏都是零。”

从那天起，高云过上了平稳的生活，一种他从记事起就未曾奢望过的生活。每天早上晨练，然后准备早餐，方慧要么赖床不起，要么一大早就精神亢奋地将潜渊号开至石墨烯处，对着肉眼不可见的无限晶体发呆。镧似乎对无限的晶体兴致寥寥，她转而投向其他研究，经常捧着厚厚的资料阅读，资料上的每一个字高云都认识，但每一句话都不知道在说什么。

“这些资料没有电子版吗？直接录入你的头脑效率更高吧！”某天，高云问。

“纯逻辑的分析过程早已进行到极限，模拟人类的阅读是为了借助非理性过程，实现突破。”镧头也不抬地答道。

又是一日清晨，高云不经意间问镧此刻的时间，镧答道：

“从我们的主观时间来看，现在是我们来到小镇的第493天。”

已经接近一年半了啊……也许每天的日子过于重复，高云反而没了感觉。真不知Paradox的外部发生了什么？那颗反物质恒星还在吗？相信答案是肯定的，因为恒星可以存在几十上百亿年，与它的成分是正物质还是反物质无关。

如此想来，人类之间那些尔虞我诈，着实渺小得很、无聊得很。

某日，高云发现方慧居然玩起了画图游戏。

“规则很简单，我来教你吧！”见高云凑过来，方慧兴高采烈地介绍道，“这是一个画‘树’的游戏，只有两条规则。规则一，你画的第一棵树，只能有1个节点，第二棵树，不能超过2个节点，第三棵树不能超过3个节点……简而言之，就是第n棵树不能超过n个节点。明白吗？”

高云似懂非懂地点点头。

“规则二，你后面画的树，不能‘包含’前面的树。一旦包含，游戏即结束。这条怎么说呢……”

“就是说，前面的树，不能是后面树的一部分吧！”高云抢先说出答案。

“Bingo！”方慧开心地打了个响指，“在这个游戏里，我们可以给每一个节点染色，颜色不同，‘树’当然也就不同。先试试一种颜色吧！”

高云甚至没有动手，就发现只用一种颜色的话，第二棵树必然包含第一棵。

“我们给刚才的游戏起个名字，叫作Tree(1)。”方慧扯过另一张白纸，“现在试试两种颜色吧，也就是Tree(2)。”

高云皱皱眉头，5分钟后他得出结论，最多只能画出3棵树。

“明白了吧？在这个游戏里，Tree(1)=1，Tree(2)=3。”方慧摆摆手指，“我所玩的游戏，便是尝试Tree(3)到底有多大。”

高云盯着纸上复杂的图形，不消三秒钟便放弃了。

“问个问题……这个游戏，真的会结束吗？”

“会的，数学上可以严格证明。”方慧头也不抬地答道。

“能不能算出这个数有多大呢？”

“很遗憾，不能。因为这个数如果写出来，信息量足够把宇宙撑破——当然，是我们的宇宙。”方慧依旧没有停下手中的画笔，“但这里是无限的宇宙，即便是Tree(3)，在无穷面前也是零。多么美妙的世界啊！”

高云方才理解，方慧是在发泄面对无穷的压力。

Tree(3)成了方慧的消遣，她彻底放弃这个游戏，是在第1977天。接近五个半地球年。

“高云，我们来谈恋爱吧！”方慧将画笔丢入垃圾堆，张开双臂。高云早已忘了从何时起，方慧不再称呼自己“先生”。方慧斜眼看着他，继续说道：“难道高云对我没兴趣吗？对了，你应该喜欢大姐姐的类型，最好还是警察，警察！”

方慧一个踉跄，高云看到她的手里拎着一支喝了一半的酒瓶。

“那你觉得我怎样呢？”高云笑道。

“嗯……严格来说，你也不是我喜欢的类型。”方慧将酒瓶摔在地上，“不过在这个世界，我们就是亚当和夏娃，没得选啦！”

“那我呢？”一旁的镧打趣道，“电灯泡吗？”

“你当然是……”方慧一把搂住镧的脖子，将她扑倒在床上，“那条蛇啊！”

第4754天，13年。

方慧在白板上写下广义相对论的方程组，又写出几个解。

“只将阿克别瑞引擎用来航行，大概是人类犯下的最大的错误。”方慧凝视着高云完全看不懂的表达式，若有所思。“它正确的用途应当是，按照使用者的意愿，随心所欲地改变时空度规。”她摆出一个挥砍的动作，“想想看，如果将事件光锥做成一把剑，会不会很酷呢？”

镧叹口气：“只是里面涉及计算量和技术细节，恐怕再过几十个世纪人类也无法攻克。”

方慧将手臂搭在镧的双肩上："但在这里我们能做到！镧，我应该感谢小镇背后的那位造物主，他将你视作了生命，而不是物品。虽然我和高云终有一天会死去，但你可以继续这个研究，直到成功的那一天！"

漫长的沉默后，镧轻轻点头。

11539天，31年。

不知是否由于小镇奇妙时空的影响，高云和方慧衰老的速度比正常的人类要慢了一些。但即便如此，方慧早上梳头时，还是找到了几缕白发。

午饭时分，方慧将镧和高云集中在大厅，说道：

"两位，十分抱歉，我还是想离开这里。"

"想回去我们的宇宙吗？"镧问。

"我自己也不清楚！"方慧痛苦地摇摇头，"即便留在这里，研究也不可能在我的有生之年取得进展，我想继续向前迈进……"

镧坐在方慧身边，搂住她的肩膀：

"慧慧，无论你做什么决定，我都支持你。只是你怎么离开这里？就是因为束手无策我们才安于现状的，不是吗？"

方慧的眼中闪过一道光：

"在这座小镇里，除了被识别为'生命'的我们，一切都会随着小镇一起被复制、重置。所以我在想，如果我不再是'生命'，而是一件'物品'的话……"

“我来吧！”一直默不作声的高云说道，“我明白你的意思，只要我们死了，就会如同潜渊号一般，被所有的小镇复制吧！破坏这种事情，比起技术人员，还是交给战士更合适。”

“不行！”方慧大叫了出来，“你被困在这里已经是由于我的自私了，我怎么能……”

“夏娃偷吃禁果后，亚当为什么会跟着一起吃呢？”高云走到方慧身边，“我想，一定是因为爱吧，他不想让夏娃孤身一人面对惩戒。”

他扶着方慧的下颌，深深地吻了下去。

“其实，我的精神也已经快要到极限了。”高云在方慧耳边低语道，“这对我而言反倒是个解脱，留下你，自私的是我才对。”

当天凌晨过后，带着“破坏一切”的记忆，高云用核铳轰爆了自己的头。他永远也无法得知，方慧对着地上的血浆发了一天呆，直到血浆消失，完好无损的高云再次站在她面前。

“另外的我该开始行动了。”高云看着方慧哭肿的双眼，露出宽慰的微笑。

当天，镧驾驶潜渊号飞行了60光年，空间中再没有一座小镇，也没了无限连接的二维晶体。

凌晨时分，高云再次站在两人面前。

“另外的我该开始行动了。”

方慧的鼻子一酸，强忍着没有哭出来。这个高云已经被识别为

“物品”，无论在一天的时间内说了什么、做了什么，身体和记忆都会在凌晨被重置。

方慧没有阻止高云的破坏行为，直到第七天。

“够了！”方慧抱住即将行动的男人，“相同的事情已经重复了七次，小镇没有被破坏，我们也没有离开！”

高云愣了片刻，继而微笑着抱住方慧，拍了拍她的头。

从那天起，方慧开始着手修复Ash系统的研究。庞大的工作量根本没有办法在一天内完成，于是她用头脑记下所有的数据，第二天用更短的时间完成当天的工作，再继续推进。

三年后，方慧修复Ash系统的时间缩短为五个小时。

“镧，如果由你来操作，这些过程可以缩短在一小时以内吗？”方慧问道。

“20分钟以内。”镧答道。

方慧点点头。那天她没有再说什么。

一阵风吹入纱窗，方慧睁开眼睛。她强撑着站起身子，隔着窗户，她看到镧在阻止高云的破坏行为。

当天夜里，驾驶潜渊号归来的镧对方慧说：

“我完成了同晶体文明的链接。”镧一面说着一面伴着沙拉，“现在的我，相当于接入了它们的服务器，不但可以读取信息，还能够对数据进行修改。”

“它会在零时被重置吗？”一旁的高云问道。此刻的高云看上去比方慧年轻了许多。

“它的身体会被重置，借以保证晶格的完整性，信息却能够保存下来。”镧说道，“这大概就是我们无法破坏它的原因，它的本体并非物理的单子层，而是由此产生的无限的意识。它已经同小镇融为了一体。”

方慧端起酒杯，看到倒影中自己长出皱纹的脸。她清楚，那个时刻终于来临了。

“镧，我们来这里多久了？”

“25481天，大约70年。”镧立即补充道，“可是，你看上去不过50岁的样子。”

“我想，是时候结束了。”

镧沉默不语。她清楚这一刻迟早会到来，尽管她并不希望。

“我的头脑越来越不清楚，这样下去不可能继续研究。我找到了快速修复Ash系统的方法，就是为了这一刻。”她看向镧，“镧，我死后会将研究继续下去。你帮我记录每天的进度，每天凌晨，将我拖去Ash系统那里，将信息写入我的头脑。”方慧露出勉强的笑容，“这样，我就可以将此刻的身体状态保持下去，并且记忆不会被重置了！”

“可是……”

“我们已经试过了，很成功。”方慧偷偷看着高云，笑道。

镧方才意识到，这些天来高云的行为模式与之前有了差别。

次日凌晨，方慧为自己注射下一管针剂，平静地接受了死亡。

“早上好，镧。”方慧睁开眼睛看看手表，“距离我死去过了多久？”

“昨天的事情而已。”镧笑道，“也许这么说有些奇怪……好好享受今天吧！”

5分钟前，镧刚刚制止了高云的破坏行为，此刻特种兵正在厨房准备早饭。

“我外出采集些数据，你们好好休息！”

告别了方慧与高云，镧只身一人来到了距离小镇3光年远的地方。她并没有乘坐潜渊号，因为她已经不需要了。就在昨日，她完成了方慧设想的那种“随心所欲”的阿克别瑞引擎，并集成在了自己体内。幸运的是，对身体的改造并不会在零时被重置。

“剑！”

镧挥起手臂，一柄漆黑的剑刃快速生长，一直延伸至无穷远处。这是阿克别瑞引擎用作武器的最简单的应用，镧将其命名为“事件光锥切割器”。分割类时与类空的界限，这是宇宙中最为锋利的剑刃。

此刻距离三人到达小镇，已经过了2051671天，5621年。忘了从何时起，镧不再为方慧和高云写入记忆。她认为那是一种无尽的刑罚，他们没有理由去承受。

16389781天，44903年。

镧终于完成了同无限二维晶体通信的解码。之前对方对镧而言只是一台性能强大的计算机，但她能够探测范围只是有限，而当镧真正理解“无限”的那一刻，她感觉自己仿佛站在了更高的维度，俯看着整个有限的宇宙。太渺小了。无穷小。零。

要把这份喜悦分享给方慧吗？

镧开启了距离无限的探测器，在小镇的凉亭里，高云与方慧正依偎在一起，喝着一壶热茶。

那天镧最终还是放弃了使用Ash系统。此刻的她已经不需要去完成修复动作了，应为Ash早已被她小型化，集成在了体内。

77803年，镧实现了无限能源供给。当然，无限能源仅限于在这个宇宙，如果回到有限宇宙，能源依然会衰减为有限，不过依然足够点亮整个银河。

那一天，方慧和高云在空无一人的街道，模仿了年轻时的约会。高云折下一朵花，单膝跪地献给方慧，结果还没等方慧回应两人便笑场了，直到晚饭时镧归来，两人还在为此事津津乐道。

53389671天，146723年。

“早上好，镧。”方慧睁开眼睛看看手表，“距离我死去过了多久？”

“昨天的事情而已。”镧笑道，“也许这么说有些奇怪……好好享受今天吧！”

突然间，方慧抓住了镧的手。镧吃了一惊，在过去的十几万年里，方慧有21%的概率会继续研究，76%的概率同高云一起玩耍过一天，只有不足3%会做出奇怪的事情。但一早便有所不同，在十四万年间从未有过。

“镧，你在骗我。”方慧直视着镧的瞳孔，“实话告诉我，现在是什么时候？”

从自己诞生的那一刻起，镧便无法拒绝方慧那双期待的眼睛。

听过镧的讲述，方慧仰视着天空。

“可以将记忆分享给我吗？”

“抱歉，如果此刻分享我的记忆，你的大脑完全无法承受。”

方慧叹口气，那一天，她很少见地将自己埋在纸堆里，进行着某种演算。

晚饭时三人必须聚在一起，这项不成文的规矩十四万年来从没改变过。

“镧，现在的你能对无限大二维晶体进行量子态写入，对吗？”方慧一面将炒饭拨入口中，一面问道。

镧点点头。

“我找到摧毁它的方法了。”

“慧慧！”镧猛地站起身来，“我并不希望这么做。我不断地探索，不断地索求，终于在十万年前，理解了无限的生命。

“还记得我们对生命，对自我意识的理解吗？自我意识是复杂系统在建立从自我到自我映射的过程中，产生的特殊体验。人体的基本活动是电子的运动，但这些复杂的化学过程会映射为分子，映射为细胞，映射为器官，最终令大脑产生‘自我’的体验。虽然在物理上很难定义究竟多么复杂的系统能够产生自我意识，但毋庸置疑的是，只有系统复杂到了一定的程度，才能拥有自我意识。

“那么宇宙中最复杂的系统是什么？毫无疑问，就是宇宙本身。在从自身到自身的映射过程中，宇宙会产生自我意识吗？也许曾经有过，但即便是宇宙本身，也无法建立自身整体到自身部分的一一映射，因此它的自我意识是不完美的。同时由于在我们的宇宙存在热力学第二定律，宇宙的无序度会逐渐增加，终于有一天，宇宙的自我意识消失了。那我们是什么呢？我们不过是残片，宇宙自我意识的残片，随着熵的增加，我们终有一天也会消失。

“究竟有没有这样一个系统，能够建立从自己到自我的完美映射呢？它就在这里，无穷的集合，能够完美地建立自我全体到自我部分的映射。这只有无穷的宇宙才有可能，与小镇融合的晶体文明，已经做到了这一点。慧慧，我们究竟在探求什么呢？扩展人类的疆土吗？实现人类的进化吗？生命最完美的形态就在这里，我又有什么理由去毁灭它呢？”

方慧沉默片刻，说道：“我能理解你的心情，镧。但……还不够啊！”

镧吃了一惊，方慧继续说道：“在我们看来，无限大的二维晶体拥有永恒的生命、无穷的计算能力，确实是生命的完美形态。但，其他宇宙呢？在另外的无穷宇宙，是否会存在更加美丽、更加神奇的生命呢？我无法否认这种可能性，因此，我想要继续探求。无穷多的平行宇宙就在这里，因此，我无法停下脚步。”

一小时后，镧完成了对无限二维晶体量子态的写入。在镧的操控下，晶格的量子态构成了类似于Robinson’s tiling的结构，并按照既有的规则以无限速度蔓延到无穷远处。在特殊量子态的作用下，整个无限大二维晶体的量子态成了一种无法确定的状态。

“无法确定”在数学上通常有两种含义：一类是公理化的“不可确定”，根据哥德尔不确定性定理，公理化系统中一定存在无法证实无法证伪的、“不确定”的命题；另一类则是算法意义上的“不可确定”，尽管逻辑上应当存在确定的结果，却没有任何算法可以完成计算。

即便有着无限的运算能力也不能。

无限大的二维晶体迷失了自我。它无论如何运算，也无法再次确定自己的量子态。进化至无限的晶体文明也许从未想到，自己会败在这种针对无限、并且仅针对无限的战术之下。

它的自我意识渐渐丧失，它再也记不起自己是谁。

“结束了。”

镧不含感情的话语宣告了工作的完成，那是人类文明面对“无限”做出的第一次有效攻击。在遥远的未来，面对无限的平行宇宙时，人类会以此为基础发展出一套特有的战术，并为其赋予了一个饶有诗意的名字——深渊凝视。

方慧和高云仿佛听到了虚空破裂的声音。在肉眼不可视的微观尺度，掀起了一阵摧毁无穷的风暴。与晶体文明的意识融为一体的小镇，也渐渐地分崩离析，化作了无穷小的尘埃。

在告别无限小镇的最后一刻，镧看到方慧在开心地笑着，这种笑容她已经几万年没有见到了。那一刻镧觉得，摧毁无限的决定是正确的。

16. 十四万年的归来

镧悬浮在Paradox的前方，由于文明核心的破灭，“加尔巴”已丧失了自我意识，此刻的它，只是一颗由反物质构成的、普通的恒星。

小镇毁灭后，三人回到了太空船里。一切仿佛没有发生过一般，高云和方慧也恢复了年轻的面貌。但三人的记忆、包括镧在十四万年间获得的能力，全部保留了下来。

这大概是小镇背后的无限文明馈赠给人类的一份厚礼吧。

高云和方慧选择了继续向Paradox更深处探索，镧却决定返回原来的宇宙。至于为什么做出这个决定，镧自己也说不清楚。她只记得在自己抉择时，脑中响起了贝多芬的第九号交响曲——《欢乐》。

镧轻轻挥手，卷曲的空间将恒星的躯体向四周吹散，开辟出一条通往虫洞的安全通路。在镧的身后，四周的空间曲率再次将Paradox推动，向着虫洞缓缓前进。

至于为什么仍要将Paradox送给人类，镧同样说不清楚。

虫洞的另一侧，地球防卫军的上千艘战舰整齐排列，等待着潜渊号和Paradox的归来。几小时前，黑川司令接到了“摘星行动”成功的通信，对方使用了陌生的频道，但他依然亲自挂帅，率领大军迎接英雄的归来。

黑川坐在一人高的白色画板前，小心翼翼地将调色板上的颜料沾在画笔上。不知不觉间，指挥室的房门被打开，一名女兵径自向他走来。

“还没有完成吗？”女兵端详着空空如也的画布，问道。

“只差一点儿了。”黑川将笔尖点在画布正中，勾勒出一道无色的曲线，“所以才舍不得放下。”

女兵笑道：“这封情书您准备怎样寄出呢？痴情的司令阁下。”

黑川将画笔插入洗笔筒，取过纸巾擦拭双手。他凝视着女兵夜晚一般漆黑的长发，说道：“心意的传达不需要物理媒介。还有，我说过很多次了，进来之前记得敲门。”

“数据分析结束了。”女兵无视了司令的抱怨，“Paradox完好无损，没有潜渊号的信号，想必双方在火并的过程中，已同归于尽。我在那艘太空船上耍了点儿小手段，看来奏效了。”

黑川问道：“克隆人也死了吗？”

“她体内的量子纠缠态通信信号早已消失。信号接收过程中总是存在噪音，她应当是无视了我的嘱托，吞下了另外的纠缠态通信设备。”

“值得注意的只有噪音吗？”黑川直视着女兵的双眼，问道。

女兵皱眉道：“两天前信号突然有了短暂的加强，大约10分钟……您为何要这么问？”

黑川走回办公桌旁坐下：“看来Ash系统连你的通信设备都能一齐复制，所以信号才有加强。只可惜如此优秀的技术，除了方慧没有人能重复出来。”他微微摇头，干脆利落地下令道：“准备接收行星，其他通过虫洞的，无论什么，都一律击落。”

女兵站在原地，偷偷握紧了背在身后的双拳。黑川意味深长地看了她一眼：“有问题吗？”

“没有什么。”女兵一个立正，“只是长久以来的竞争对手消失了，感觉有些微妙。”

“她的眼中只有未知，而你的眼中只有她。”黑川将视线移向画布，“执行命令吧，shadow。”

女兵敬礼离开后，黑川长久凝视着空白的画布，一动不动。某一时刻，他取过一把灰粉，扬手洒向空中。如同被赋予了生命一般，灰粉在画布上飞速地勾勒出轮廓，描绘出光影，铺设出空旷的舞台，流淌出如丝的细节，宛若一场气势恢宏的魔术表演。几秒钟后，灰白色的粉尘悉数散去，在画布上留下了创作者记忆中的一帧画面。

少女穿着纯白的纱裙，站在空空如也的剧场舞台上。

Paradox同黑川司令的旗舰一起，在舰队的护送下渐渐远去。

不久后，它将成为一颗类木行星的卫星，并接受人类的生态改造。

舰队指挥官撇撇嘴，不满地吐出电子香烟。他认为既然已经得到了Paradox，就应该早些撤离，这样还能让他尽快睡个好觉，然而上面的命令却是继续在虫洞处待命。

他更加无法理解的是，身为大校的自己居然要被一个小丫头颐指气使。

Shadow注视着监视器，直觉告诉她虫洞的另一侧还有什么。突然间，通信器响了起来：

“潜渊号呼叫本部，重复一遍……”

Shadow立即抓起通信器：“这里是本部。”

“任务完成，即刻返航。”对面传来的信号伴有噪音，shadow自认为对方慧的所有加密算法了若指掌，然而无论她身边的团队如何忙碌，也无法捕捉到对方的真身。根据shadow的推断，潜渊号应当已经化作了宇宙的尘埃。

“本部已做好接收准备。”shadow答道，她犹豫片刻，“请问你是哪位？”

沙沙的白噪音中传来对方不带一丝感情的话语：“我是，Joker。”

几乎在对方通信中断的同一时刻，潜渊号通过了虫洞。指挥官的手指已悬停在主炮的发射按钮上方，却收到了shadow继续待机的命令。

Shadow紧张地注视着监视器中的太空船，几乎放大了每一处细节，又打开了几十张谱图检测。突然间，她在监视影像中捕捉到两个黑点，在广阔的星空投影中，只占据了数个像素。

“快，把那里放大！”

随着镜头焦距的改变，shadow看到太空中漂浮着两个人影，一男一女。他们并没有穿戴太空服，仅凭肉身悬浮在冰冷的宇宙中。

指挥官大吃一惊，他记得方慧的面貌，她是军队的技术首席，地位与shadow不相上下。他几乎无意识地按下了发射键，不计其数的导弹和等离子束呼啸着向潜渊号袭去。

“笨蛋！我还没有下令……”

那一瞬间，shadow看到两人紧紧拥抱在一起。她不顾一切地冲向驾驶席，调转舰首向着远离虫洞的方向驶去。在她的身后，超新星燃起，整片星域被映得宛若白昼。

这是镧为地球防卫军准备的一点“礼物”。在通过虫洞前，她在“加尔巴”的身上采集了少量的反物质，并利用Ash系统制作出另一艘潜渊号。这艘太空船上有着两具没有自我意识的傀儡，它们有着高云和方慧的外貌，身体分别由正反物质构成。

只要地球防卫军开火，两人便会成为引燃正反物质湮灭的导火索。对现阶段的人类文明而言，正反物质湮灭爆弹还只是概念兵器。

真正的高云和方慧也许永远也不会得知，在“摘星行动”的末尾，地球防卫军损失上千艘战舰，从此元气大伤。

“一个人？你确定这些是一个人的信息？”

“哼！别看不起老古董！比起那个妞的发明，我的老伙计可是早了几十年！”

“别把那个大家伙开过来！这里的岩层撑不住63万吨的蹄子！喂，没听我说吗……”

方慧听到了遥远的声音，好似在深渊底部窥探光明。

声音仍在断续传来。

“我终于搞明白了，这个小丫头片子……哼哼……”

“不瞒你说，看着她，我又想起那个女人了……唉，我为什么要和年轻人说这些……”

“成功了！怎么样，我的老伙计还算硬朗吧？”

方慧猛地睁开眼睛，斑驳的天花板上无影灯忽明忽暗。身体凉飕飕的，低沉的噪音嗡嗡作响。头有些痛，如同宿醉一样。

“我早就说过吗，找你准没错。”另一个陌生的声音在耳边响起。

方慧费力地转过身子，看到一名老男人站在不远处摆弄着机器，身上的白大褂沾着暗红的污渍，花白的头发围成地中海。老男人察觉到声音后回头看看，开心地说：

“她醒了，完工！”

一名穿着军装的男人走到方慧面前，温柔地俯看着她。方慧感觉自己仿佛见过这个男人，可记忆却如同海市蜃楼一般遥远而暧昧。

“自我介绍一下，我叫高云。”男人理了理衣领，“你刚刚被这里的量子纠缠态复制设备复活，应当没有关于我的记忆。”

“量子纠缠态复制？”方慧吃了一惊，即便在地球防卫军内部，Ash系统也是绝无仅有的。

“很久之前做的老古董了……”老爷子叹气道，“当时本以为能赚一笔，结果赔光了家底，只得干回老本行。”

方慧感到一丝挫败，但她很快将情绪抛到脑后，问道：“究竟发生了什么？我为何会在这里？”

“这说来可就话长了……”高云苦笑道，“老爷子，能不能先给女士拿件衣服？”

方慧方才发觉，自己正一丝不挂地躺在床上。

5分钟后，方慧愤怒地推开房门，对着门外的老爷子吼道：“你想捉弄我吗？这是什么鬼服装？”高云上下打量了一番：方慧上半身带着低胸的蕾丝胸罩，腿上套了黑色网袜，纯黑的高跟鞋擦得锃亮。

“很抱歉，这里是夜总会，只有这种服装。”老爷子不怀好意地笑笑。

好不容易平息方慧的怒气后，高云向她讲述了潜渊号上发生的一切。至于潜渊号之后的命运，高云并没有查找到任何蛛丝马迹，因此只是轻描淡写地告诉方慧，大概已被军队击落。

“从黑洞边缘逃脱后，Jack相对于外界的时钟晚了18年。真庆幸虫洞一直没有消失。”方慧感叹道。

高云笑道：“黑川司令已死，地球防卫军也早就忘记了我们的存在，所以我们才有机会返回银河系。”

“更没想到的是，真的有人能够实现我的计划。”方慧靠在墙上，将发梢拨向耳后。

高云耸耸肩：“为了防止最糟糕的情况，你设置了最后一重保险——将自己的信息写入Jack的系统里，还用暗号为我留下了提示。Jack的预知系统会将驾驶员的大脑与主机连接，所以我才能读到你的记忆片段，你也能够深入我的意识。每次开启预测系统，我都感到仿佛有人在帮我。现在看来，是我们在并肩战斗。”

方慧回想起自己看到的梦境碎片。当预测系统关机时，她的意识仅存在于Jack的存储中，所以会看到过去的记忆。当预测系统开启，她会与高云的意识连接，所以能短暂地看到现实世界的光景。

（作者按：所有的虚数章节，都是Jack存储中方慧的意识看到的景象。）

突然间，方慧在自己的意识深处发现了某些东西。某些不应当属于她的、远远超出当前人类认知水平的信息。

“这些知识，怎么会……”

“时间还长得很，你有的是机会慢慢品味。”高云不置可否地耸耸肩。

“你接下来准备怎么办？”方慧问道。

“干回老本行。”高云笑笑，“找一颗偏僻的行星，开一家侦探事务所，勉强糊口。不过这一次绝对不会叫‘bell’了。”他看看方慧，“有兴趣一起来吗？”

“想干什么是你们的自由，只是别在我这里打情骂俏，我要开门做生意了。”老爷子走到两人之间，将账单塞进高云手中。“看在老交情的分上，就不给你算利息了。记得还钱啊！”

高云看着账单上长长的数字，无奈地摇摇头。

心镜拎过传送带上的行李，取出防风镜挂在脖颈上，在他身后，明亮的“LOINTAIN AIRPORT”标识闪烁着。

窗外风沙很大，心镜不禁回想起那次作战。尽管已是遥远的回忆，每当想起，都如同刚刚冲洗的照片一般清晰。

推开港口贵宾室的门，他要找的人已经等在那里。

“真没想到能在这里见到你。”看到心镜，一身黑色连衣裙的长发女人站起身来，漆黑的瞳孔有如在打量一只猛兽。

心镜扔下行李，扯过转椅坐下。

“我也没有想到，叱咤风云的shadow，居然在这种不起眼的地方开起了侦探事务所。”

Shadow看看窗外，笑道："感觉如何？你回来时已是沧海桑田，当年荒凉的Paradox早已完成了生态改造，甚至建起了城市。"

"我可是听人说，这颗星球从诞生起便是一颗类木行星的卫星。"

Shadow坐在心镜身旁，将头发撩向脑后："地球防卫军可不希望'摘星'的伟业名垂青史。难道你希望吗？"

心镜耸耸肩，以冷笑回应。

"说吧，这次找我来有什么目的？"shadow直视着心镜银色的长发，"这些年来，你成了著名的赏金猎人'黑桃皇后'，不过这颗星球上可没有值得你猎杀的对象。"

"放心，我既然光明正大地找上门来，就不是想要寻仇。"心镜取出一支电子香烟含在口中，他瞥了一眼楼上的玻璃窗，"所以，你可以让埋伏在楼上的那位小兄弟撤了。"

Shadow抿抿嘴，继而对着空气摆了摆手。心镜继续说道："另外提醒你一件事，狙击手可谓念动力者的天敌，捕杀猎物所需要的攻击范围和耐性，狙击手都远胜对方，而念动力者有的只是葬送自己的傲慢。"

"别绕圈子了。"shadow叹口气，反击道，"又得到姐姐的消息了？"

"Jack、Queen、Ace……中间缺失的King，原本属于姐姐。"

心镜凝视着窗外的风沙，说道，“只可惜在行动前，姐姐连同King一起消失了。”

“这些是伊迪萨告诉你的？”

“在临死前，她还告诉我一个名字。我希望你帮我找到这个人。”心镜伸出两只手指，中间夹着一张纸条。

“一个名字？你知道现在人类的版图有多大吗？”shadow不满地抱怨道。

“所以我才找到你。”

“报酬呢？事先说明，别想威胁我。”

心镜将电子香烟在指尖来回转着：“Queen……足够吗？但要一手交钱一手交货。”

Shadow一把夺过纸条，在她看到那个名字的瞬间，眼神中露出转瞬即逝的动摇。心镜锐利的眼睛没有放过对方的破绽，他再次确信，自己没有找错人。

那张纸条上，写着伊迪萨最后留下的名字——

Tequila。

（全书完）